乙女ゲームの世界で私が悪役令嬢!?
そんなのお断りです！ 2

蒼月

B's-LOG BUNKO
ビーズログ文庫

Contents

乙女ゲームの世界で私が悪役令嬢!? そんなのお断りです! 007
一 続きの始まり 008
二 新キャラ登場 022
三 同盟の条件 045
四 隣国の皇帝 059
五 悪役令嬢だけどヒロイン? 083
六 DLCイベント? 116
七 悪役皇女の企み 161
八 リセットはお断りです! 217
あとがき 243
レッツ・クック! 245

乙女ゲームの世界で私が悪役令嬢!?
そんなのお断りです!
2
【人物紹介】
セシリア・デ・ハインツ
前世で大好きだった乙女ゲーム『悠久の時を貴女と共に』の悪役令嬢に転生してしまった元OL。ハインツ公爵家の令嬢。
カイゼル・ロン・ベイゼルム
ベイゼルム王国の第一王子。その実態は、常に似非スマイルを浮かべる腹黒王子。
シスラン・ライゼント
王宮学術研究省所長の息子で非常に優秀だが、性格に難アリ。セシリアの幼馴染でもある。

ビクトル・フェルドラ
非常に真面目な性格をした王国の騎士団長。セシリアを『姫』と呼び、忠誠を誓う。
レオン・ロン・ベイゼルム
カイゼルの実弟。天使的な微笑の裏で小悪魔的な笑みを浮かべるヤンデレ王子。
アルフェルド・ラ・モルバラド
妖艶な砂漠の国の皇太子。女たらしで、常に自らのハーレムに入れる女性を捜しては口説いている。
ヴェルヘルム・ダリ・ランドリック
隣国ランドリック皇国の皇帝。強引で、目的のためには手段を選ばないオレ様。
レイティア
セシリア信奉者となった侯爵令嬢。
ニーナ
『悠久の時を貴女と共に』の正ヒロイン。
ノエル
ヴェルヘルムの侍従。
アンジェリカ
ヴェルヘルムの美しき妹。

イラスト／笹原亜美

「マジで!?」

神崎真里子《かんざきまりこ》、二十七歳《さい》のＯＬ。私は今パソコン画面を食い入るように見つめながら、表示されている文字を何度も見返していた。

なぜならそこには、『悠久《ゆうきゅう》の時を貴女《あなた》と共に』ＤＬＣ《ダウンロードコンテンツ》配信決定！　と大きく書かれていたから。

「これ公式ＨＰだよね？　偽《にせ》サイトじゃないよね？　や、やったぁぁぁぁ！」

誰もいない自室で両手を上げ歓喜する。

「朝からずっとこのゲームをやり続けていたから、ちょっと小休憩《しょうきゅうけい》のつもりで公式サイト覗《のぞ》いてよかった！　確かにこのソフト、発売したばかりだけど、どのレビューも高評価だったもんね～。そりゃこのゲーム会社もすぐにＤＬＣ企画するよね。まず間違いなく売れるから。もちろん私は必ず買うよ。さて配信日はいつかな？」

わくわくしながらもう一度画面を見ると、配信日は未定になっていた。

「未定か……早く配信されるといいな～。ふふ、今から楽しみ！　じゃあ気分も上がったことだし、ゲームの続きやりますか！　次は腹黒王子《はらぐろおうじ》のカイゼルを攻略するぞ！」

そう意気込み、私は静かにパソコンを閉じたのだった。

一　続きの始まり

神崎真里子《かんざきまりこ》としての人生は、二十七歳《さい》の時に子どもを助けて交通事故に遭《あ》い幕を閉じた。

だが私は前世でドハマりしていた乙女《おとめ》ゲーム『悠久《ゆうきゅう》の時を貴女《あなた》と共に』の世界に、悪役令嬢《れいじょう》セシリアとして転生してしまう。しかし処刑《しょけい》フラグのある悪役令嬢役など、ハッキリ言ってお断り！　代わりにこのゲームのヒロインであるニーナを密《ひそ》かに応援《おうえん》し、その行動を邪魔《じゃま》しないように気をつけていた。

だけどニーナではなく私がアルフェルド皇子《おうじ》に攫《さら》われて他国に連れていかれたり、レオン王子のヤンデレが発動して地下に監禁《かんきん》されてしまったりと、なぜかヒロインのようなイベントが立て続けに起こってしまったのだ。さすがにこのままでは駄目《だめ》だと思った私は、ゲームの表舞台から去るためカイゼルとの婚約を解消して欲《ほ》しいと国王に懇願《こんがん》し、なんとか承諾《しょうだく》を得ることに成功したのだが……。

目の前には攻略《こうりゃく》対象者達やゲームには登場しなかったはずのレイティア様、さらにはヒロインであるニーナまでもが並び、私に対して愛の告白をしてきたのだ。そして自分を選んで欲しいと必死に訴《うった》えてくる。まるでルート選択《せんたく》のような状況《じょうきょう》に私は頭を抱《かか》えてしまう。

（悪役令嬢の私がヒロインに昇格《しょうかく》？　いやいや、そんなはずない！　だって私、全然ヒロイン向きじゃないからさ！　だからと言って、ライバル向きでもなかったけど……）

苦笑いを浮《う》かべながら、いまだに私を見つめて手を差し出している皆《みな》を窺《うかが》い見た。その相変わらずの様子に私は大きなため息をつくと、両手を腰《こし》に置いて呆《あき》れた表情でキッパリと言い放つ。

「お気持ちは大変嬉《うれ》しいです。しかし皆さんのことは、大切な友人としか思うことができません。ですから私のことは諦《あきら》めて、もっと相応《ふさわ》しい方を別に選んでください！」

皆が悲しそうな表情を浮かべるが、私は心を鬼《おに》にしてそれを無視する。

（まだニーナの『天空の乙女』としての任期が、三カ月ぐらい残っているんだから。ということは、ゲームは続行中のはず。これから皆の気持ちが変わる可能性だって十分ある）

そんなことを考えていると、カイゼルが私をふわりと抱《だ》きしめてきた。

「カ、カイゼル!?」

「セシリア……貴女以外に相応しい方などいません」

「いえ、もっと視野を広げて……」

「セシリア以外目に入りません！」

そう訴えじっと私を見つめてきた。その眼差《まなざ》しに困っていると、別方向から腕《うで》を引かれカイゼルから引《ひ》き離《はな》された。そしてそのままシスランの腕の中に。

「シスラン⁉」

「俺がお前以外の奴《やつ》を選ぶはずがないだろう！」

「で、でも……」

「唯一心《ゆいいつしん》を許せるのはセシリア、お前だけなんだ。だから……他の奴を選べと言うな」

「うっ、そう言われても……」

シスランの辛《つら》そうな表情に胸が痛くなる。だからと言って、ここで折れるわけにもいかない。すると今度は、私の腰にするりと別の手が回りシスランから引き離されると、後ろから覆《おお》いかぶさるようにアルフェルド皇子が抱きしめてきた。

「アルフェルド皇子！」

「国にいる父上達に約束しているのだよ。セシリアを必ず連れて帰ると」

「そのような約束を勝手にされましても……」

「私は諦めるつもりはないよ」

「いやいや、お願いだから諦めてください！」

そんなアルフェルド皇子の言葉に頭を痛めていると、レオン王子が飛びつきながら私に抱きつきアルフェルド皇子から引《ひ》き剝《は》がした。

「ちょっ、レオン王子⁉」

「ねえセシリア姉様……僕がセシリア姉様のことを諦められると本気で思っているの？」

「そ、それは……でもきっと、レオン王子には私以外にいい人が……」

「それ以上言うと……もう一度監禁《かんきん》するよ？」

「っ！　それはやめて‼」

黒い微笑《ほほえ》みを浮かべるレオン王子に、体を硬直《こうちょく》させながら首を激しく横に振《ふ》った。

その時、私の後ろに誰《だれ》かが立ち腰を摑《つか》んで持ち上げられた。さらにそのまま向きを変えられお姫様抱《ひめさまだ》っこの格好に。目の前には真剣《しんけん》な表情のビクトルの顔があった。

「え？　ビクトル⁉　ちょっ、下ろしてください！」

「さきほどの姫の発言を撤回《てっかい》していただけるようでしたらすぐに下ろします」

「いや、それは……」

「私の心は五年前からもう姫一筋なのです。それなのに姫以外を選べなどと……いくら姫のお頼《たの》みであっても、聞き入れることはできません！」

「そんなにキッパリと言われましても……」

じっと見つめてくるビクトルに、どうしたものかと困り果てていた。すると私の体に二人分の手がガッシリと絡《から》み、ビクトルから引き剝がそうとしてきた。その予想外の状態に、ビクトルは落ちそうになった私を床《ゆか》に下ろしてくれた。

するとすぐに、ニーナとレイティア様が同時に抱きついてきた。

「ニーナ!? レイティア様!?」

「セシリア様! やはり男性陣《じん》にセシリア様をお任せすることなどできません!」

「ニーナ、何を言って……」

「そうですわ! 女性であるわたくし達の方が、セシリア様を大切にいたしますわ!」

「いやいやレイティア様、大切にって……私はべつに一人でも大丈夫《だいじょうぶ》なのですが」

「とんでもない! セシリア様を一人にするなんて、そんなことできません!」

「ニーナの言う通りですわ! それにわたくしの一生を、セシリア様に捧《ささ》げる覚悟《かくご》もありますもの」

「ちょっ、レイティア様落ち着いてください」

あまりにも重い発言に私は顔を引きつらせつつ、この状況はさすがにまずいと感じ身をよじって二人から抜《ぬ》け出《だ》した。そして皆から距離《きょり》を取ると身構える。

そんな私達の様子を見かねた国王が、呆れた声で仲裁《ちゅうさい》に入ってくれた。

「お前達、確かにセシリア嬢に認められた場合のみ婚約《こんやく》を許すと条件を出したが……まあ、同性の者まで声をあげたことに関してはこの際置いておく。いくらなんでも度が過ぎるぞ。セシリア嬢を困らせることは我《われ》が許さぬ。とりあえず、今は部屋に戻《もど》って頭を冷やしてきなさい」

「しかし父上！」

「カイゼル、国王である我の言葉が聞けぬというのか？」

「っ！……わかりました。でもセシリア、貴女ももう一度よく考えてくださいね」

そうしてカイゼル達は、渋々《しぶしぶ》ながらも国王の執務室《しつむしつ》から出ていってくれたのだ。

「セシリア嬢《じょう》、すまぬな。我がセシリア嬢に好きになってもらったらと皆に言ったばかりに……」

「いえ、多分遅《おそ》かれ早《はや》かれこのような状態にはなっていたと思われます。ですから、陛下が悪いわけでは……」

次の瞬間《しゅんかん》、大きな音を立てて扉《とびら》が開き、そこからお父様とお兄様が駆《か》け込《こ》んできた。

「セシリア!!」

お兄様は私を見るなりすごい勢いで抱きついてきた。

「無事でよかった！」

「お、お兄様、苦しいです！」

激しく抱きしめられ身動きの取れない私は、苦悶《くもん》の表情を浮かべながら訴えるが聞き入れてもらえず、お父様は目に涙《なみだ》を浮かべながら嬉しそうに私達を見ている。

「今まで一体どこに行っていたんだ！」

「そ、それは……」

（さすがにレオン王子に一カ月近く監禁されていたとは言えないからな～）

お兄様の問いかけにどうしようかと困っていると、国王が私の代わりに答えてくれた。

「さきほどセシリア嬢から聞いたのだがな、どうやらカイゼルの婚約者でいることに耐《た》えかねて行方《ゆくえ》をくらませていたらしい」

「なっ！　セシリア、それは本当のことなのか⁉」

お父様は驚いた表情で私を見てくる。

「え、ええ……やはり私には王太子の婚約者という立場は荷が重すぎまして……しばらく平民に扮《ふん》して身を隠していたのです」

お兄様の拘束《こうそく》から解放された私は、神妙《しんみよう》な面持《おもも》ちでそう答えた。

「セシリアが平民に⁉」

「お兄様、私こう見えても平民生活は得意なのですよ」

「そ、そうなのかい？」

「私、身の回りのことぐらい一人でできますから」

（だってレオン王子に監禁されていた時、食事以外全部一人でこなしていたからね）

監禁生活を思い出し苦笑いを浮かべる。

「セシリア、お前の気持ちに気がついてあげられず、すまなかったね。だけど……無事な姿で戻ってきてくれて本当によかった」

「お父様……実はもうその憂《うれ》いはなくなりました。一応ですけど……」

「一応？」

「それについては我から説明しよう」

そして国王が、これまでの経緯《けいい》やカイゼルとの婚約が解消されたことを説明してくれた。

もちろん国王は、私との約束を守ってレオン王子の件は黙《だま》っていてくれた。

しかし説明を聞き終えたお父様は、なんだか難しそうな顔で黙り込んでしまったのだ。

「お父様？」

お父様に呼びかけるがなぜか答えてくれない。するとお父様は、国王の方に向き口を開く。

「陛下、もしや例の件をお忘れでしょうか？」

「ん？　例の件？」

「二週間後、隣国《りんごく》の皇帝《こうてい》がおみえになる件です」

「それはもちろん忘れておらん………あ」

「ようやくお気づきになられましたか」

何かに気がついた国王に、お父様は呆れた表情を向ける。そんな様子に私は全く話についていけずキョトンとしていた。

「すっかり忘れておった」

「はぁ～セシリアが行方不明になり、どうするかずっと話し合っていたことを忘れないでいただきたかったです」

「すまぬ……」

「もうよろしいです。それよりも、これからどうするかを考えましょう。幸いこのことは当人達以外には知られていないようですし、まだなんとかなります」

「……なるほど、そういうことか」

「おわかりいただけたようで何よりです」

完全に私の存在を忘れて話をしているようなので、邪魔にならないようお兄様と共にそっと部屋から出ていこうとした。しかしそんな私の肩《かた》をお父様が摑むと引き止められてしまう。

「セシリア待ちなさい。お前に大事な話があるんだ」

「大事な話？」

「父上、それはもしかして例の件ですか？」

「ああそうだ」

お父様の返事を聞いて、お兄様が複雑そうな顔になる。一体なんだろうと思っていると、お父様が話しだした。

「実は前々から決まっていたことなんだが……セシリアには二週間後、この国にご来訪予定である隣国の皇帝とその妹姫のお相手をしてもらうことになっている」

「…………は？」

「本当はもう少し早めに知らせるつもりでいたのだが……セシリアが行方不明になっていたからな」

「ちょっ、お父様待ってください！　私が皇帝のお相手⁉　いや普通《ふつう》に考えて、それは王《おう》妃様《ひさま》か王太子であるカイゼルの役目だと思われますよ？　なぜ私なのでしょう？」

「実は先方からのご指名だったんだよ。どこでどう知ったかわからないがお前のことに興味を持たれたらしく、滞在《たいざい》期間中のお相手をして欲しいそうだ」

「いや、意味がわからないのですが……」

困惑《こんわく》の表情でお父様を見るが、お父様も困った表情を浮かべていた。

「正直私も戸惑《とまど》っているんだよ。だけど先方から、カイゼル王子の婚約者であるセシリアをと言われてしまってはね……。何せ相手は、この国と肩を並べるほどの大国だから」

「ですがお父様、もうすでにカイゼルとは婚約を解消してしまいましたよ？　それは問題ないのですか？」

「だからそれが問題なんだ。王子と婚約解消した者が他国の王族のお相手を務めるのは外聞的にも、政治的にもあまりよくない」

「ではどうしたら……」

「あ～セシリア嬢、そのことで一つお願いがあるのだが」

「………なんでしょう？」

話に割り込《わこ》んできた国王に、なんだかとても嫌《いや》な予感を覚えた。

「いまさっきのことですまないのだが、もう一度カイゼルの婚約者になってくれぬか？」

「それは……」

「ああべつに、本当の婚約者にならなくてもよい」

「どういうことでしょう？」

「隣国の皇帝が滞在の間だけ、婚約者の振りをしてくれればいいのだ。もちろん滞在が終われば、すぐにでも婚約解消を公表すると約束しよう」

「ですが……」

「どうかこの通りだ」

そう言って国王は私に頭をさげてきたのだ。

「へ、陛下！　頭を上げてください！」

「いや、よい返事をもらうまであげられぬ」

「うっ……わ、わかりました。お引き受けいたします」

諦めながら了承《りょうしょう》を口にすると、国王はパッと頭を上げニヤッと口角を上げたのだ。その瞬間、してやられたと感じると共にカイゼルの顔が重なり、改めて親子なのだと実感した。

その後知ったことだが、カイゼル達は国王の執務室を退出してから話し合いをしたらしく、どうも変なルールを決めたようだ。

＊お互《たが》いのアプローチを邪魔し合わない。
＊最終的に、セシリアが誰を選んでも恨《うら》みっこなし。

聞かされた時は正直なんだそれはと思ったが、敢《あ》えてツッコむ気すら起こらずそのまま放置することに。そうして婚約解消の延期の件は国王が直接カイゼル達に説明し、滞在が終了《しゅうりょう》するまで箝口令《かんこうれい》を敷《し》かれたようだ。


決まってしまったなら仕方ない。腹をくくり、おもてなしの準備にとりかかることにした。私は自室に戻り一人になると、お父様から貸していただいた隣国に関する資料を机の上に広げじっくりと確認《かくにん》する。

「え～とまず国名は……ランドリック帝国《ていこく》ね。ふむふむ……ん？　この国名どこかで……ああ家庭教師をしていただいているデミトリア先生の授業で聞いたことがあるから……いや、それよりもっと前に見たことがあったような？」

何か頭の隅《すみ》に引っかかりを覚えたが、それが何か思い出せないでいた。

「……まあいいか。じゃあ次に皇帝の名前が……ヴェルヘルム・ダリ・ランドリックね。年齢《ねんれい》は二十四歳で独身。三年ほど前に独裁政治をおこなっていた前皇帝の父親を退けると、すぐにその政治的手腕《しゅわん》で荒《あ》れきっていた国内を平定した人物であると。ようやく情勢が落ち着いてきたこともあり、ランドリック帝国と並ぶこのベイゼルム王国と国交を持とうと皇帝自ら訪問しにくる、か。確か滞在期間は三週間ほどの予定だとか……う〜ん、長い」

私はパラパラとヴェルヘルム皇帝に関する資料に目を通した。

「そして次に、ヴェルヘルム皇帝と一緒《いっしょ》にくることになっている妹姫ね。名前は……アンジェリカ・ダリ・ランドリック。年齢は十六歳。美姫《びき》と評されるほどの美貌《びぼう》の持ち主だが、その性格は我儘《わがまま》なことで有名。お父様の話では、今回無理やりベイゼルム王国行きに同行したとか。ふふ、まるで悪役令嬢みたい……ん？」

その二人の資料を読みながら私は再び、何か引っかかりを覚えた。

「そもそもあのゲーム『悠久の時を貴女と共に』を何度もプレイしていたけど、一度もそんな隣国の皇帝と妹姫の訪問イベントなんてなかったよ？　それなのに、なんでこんなに引っかかるんだろう？　ん〜『ランドリック帝国』に『皇帝』に『妹姫』………………ああ!!」

腕を組んで一人うんうんと唸《うな》っていたその時、ふっとあることを思い出した。

「そっか、これ『ＤＬＣ《ダウンロードコンテンツ》』だ！　公式サイトに配信決定って書かれていたやつだ！　確か内容は新キャラ登場だったはず。まあ結局配信前に死んじゃったからできなかったけど……でもその『ＤＬＣ』の事前情報には『ランドリック帝国』という名前と、新攻略対象としてその国の皇帝が登場するって書いてあった気がする。さらに新たなライバルキャラの妹姫も登場って」

そのことを思い出し私は目を輝《かがや》かせる。

「なるほど、これは新たにニーナとヴェルヘルム皇帝の恋愛《れんあい》イベントが発生する可能性が出てきたってことだね！　普通に考えても悪役令嬢ルート《セシリア》じゃないはず！　なら今度こそ、ニーナに素敵《すてき》な恋人《こいびと》ができるよう手助けしなくちゃ！」

私はそう決意し、こぶしを握って強く頷《うなず》く。

そうしてあっという間に二週間が経《た》ち、ランドリック帝国の皇帝とその妹姫がベイゼルム王国にやってくる日がきたのだった。

二　新キャラ登場

謁見《えっけん》が始まるまで自室で待機をしていると、そこにカイゼルがやってきた。

「セシリア、迎《むか》えに来ましたよ」

「……」

上機嫌《じょうきげん》なカイゼルを見つめ、私は黙《だま》り込《こ》む。

(せっかく婚約《こんやく》解消できたのにな～。まだしばらくはカイゼルの婚約者をしていないといけないのか……。いや、よくよく考えたら時期的にも、セシリアの断罪イベントはもう少し先だったはず。ということは、ＤＬＣ《ダウンロードコンテンツ》ではおそらくセシリアはまだカイゼルの婚約者。そうか！　ゲームの強制力によって婚約解消を止められているんだ！　なるほど、だからまだ私は婚約者の立場にいさせられているんだね。しょうがない、そこまで長い期間ではないだろうし、今回はお望み通りその役を引き受けるよ)

状況《じょうきよう》を把握《はあく》し何度か頷《うなず》く。

「どうかされたのですか？」

「いえ、改めて婚約者の振《ふ》りを頑張《がんば》ろうと思っただけです」

「振り、ですか……」

私の言葉を聞いてカイゼルは、複雑そうな表情を浮《う》かべたのだった。


謁見の間でカイゼルの隣《となり》に座《すわ》り、その時を静かに待っていた。すると入場を知らせる声が響《ひび》き渡《わた》り、ゆっくりと扉《とびら》が開く。その扉を見つめながら私は、まだ未プレイのＤＬＣがこれから始まるかと思うと、ファンとして胸の高鳴りを抑《おさ》えられないでいた。

そうして目的の二人が現れると、私は思わず歓喜《かんき》の声をあげそうになったのだ。

（うぉお！　あの事前情報に載《の》っていたキャラそのままだ!!　カッコイイ！　綺麗《きれい》!!）

まずヴェルヘルム皇帝《こうてい》は、高身長に濃《こ》い紺色《こんいろ》の髪《かみ》と赤色の瞳《ひとみ》をした美青年。その顔立ちはキリリとして自信に溢《あふ》れ、皇帝の名に相応《ふさわ》しい風貌《ふうぼう》をしていた。さらに両肩《りようかた》に留《と》めてある黒いマントをひるがえしながら堂々と歩く姿に、思わず目を奪《うば》われる。

次にそのヴェルヘルム皇帝の腕《うで》に手を回し優雅《ゆうが》に歩くアンジェリカ姫《ひめ》は、腰《こし》まで伸《の》びた波打つ濃い紫色《むらさきいろ》の髪と赤色の瞳をした噂《うわさ》通りの美貌の持ち主だ。その胸元《むなもと》には、大きなエメラルドの首飾《くびかざ》りが輝《かがや》いている。顔立ちは凛《りん》としており、意思の強そうな眼差《まなざ》しから誇り高さが窺《うかが》える。そんな二人の姿に、謁見の間にいる人々の目は釘《くぎ》づけになっていた。

私はハッと気がつき、ちらりとニーナを窺い見る。するとニーナは、惚《ほう》けた顔で二人のことを見ていた。

（あ、これはいけるかも！）

そのニーナの様子に、私は密《ひそ》かにほくそ笑《え》む。

「遠路はるばるよくぞお越《こ》しくださった。我《われ》はこのベイゼルム王国の国王、サイデル・ロン・ベイゼルムだ」

「歓迎感謝《かんげい》する。俺はランドリック帝国《ていこく》の皇帝、ヴェルヘルム・ダリ・ランドリック。そしてこれが俺の妹で……」

「アンジェリカ・ダリ・ランドリックですわ」

アンジェリカ姫はにっこりと微笑《ほほえ》み、スカートの裾《すそ》を摘《つ》まんで優雅に会釈《えしやく》した。

「とてもお美しい妹君ですな。ではこちらも紹介《しようかい》するとしよう。王妃《おうひ》のカサンドラだ」

「よろしくお願いいたしますわ」

「そしてこれらが我の息子《むすこ》で王太子であるカイゼルとその婚約者のセシリア嬢《じよう》。さらにもう一人の息子で第二王子のレオンだ。さあお前達、ご挨拶《あいさつ》しなさい」

国王の言葉に私達は同時に椅子《いす》から立ち上がり、お辞儀《じぎ》をした。

「私はカイゼル・ロン・ベイゼルムと申します。以前から賢王《けんおう》と名高いヴェルヘルム皇帝とはお会いしたいと思っておりました。それに……美姫《びき》と評されているアンジェリカ姫にもお会いできとても光栄です」

カイゼルはそう言って、いつもの似非《えせ》スマイルでにっこりと微笑んだ。

「僕はレオン・ロン・ベイゼルムです！　素敵《すてき》なお二方に会えて僕、すごく嬉《うれ》しいです」

次にレオン王子が挨拶し、やはりこちらも天使のような笑顔《えがお》を二人に向ける。

「お初にお目にかかります。カイゼル王子の婚約者の、名をセシリア・デ・ハインツと申します。どうぞお見知りおきください」

最後に私がそう言って、もう一度スカートの裾を摘まみながら会釈した。

「こちらこそ会えて光栄だ」

ヴェルヘルム皇帝は私達を見ながらそう返してくれたのだが、その隣にいるアンジェリカ姫は惚けた表情で固まっている。それもその視線はカイゼルに釘づけであった。

（……あれはちょっと、まずいことになりそう）

カイゼルしか目に入っていない様子のアンジェリカ姫を見て、嫌《いや》な予感を覚えずにはいられないのだった。


ヴェルヘルム皇帝とアンジェリカ姫を歓迎する舞踏会《ぶとうかい》に、私はカイゼルと共に参加した。

そして会場内で一際《ひときわ》大きな人だかりを見つけると、その場所に二人で向かう。

「あ～失礼。私達も挨拶したいのですが、よろしいでしょうか？」

カイゼルのにっこり似非スマイルと言葉に、集まっていた貴族達は慌《あわ》てて場所を空けあっという間に離《はな》れていく。

（さすがはカイゼル。笑顔一つで人が動いていくよ）

改めてカイゼルのすごさに感心していると、視線を感じ目の前にいる背の高い人物を窺い見た。そこには無表情でじっと私を見ているヴェルヘルム皇帝がいたのだ。

（なんでそんなに見てくるんだろう？）

不思議に思い、何か服装がおかしかったのだろうかと自分のドレスを見てみるが、特にこれといっておかしな部分はなかった。顔を上げると、もうヴェルヘルム皇帝は私を見ていない。その様子に、まあなんでもなかったのだろうと気にしないことにした。

「ヴェルヘルム皇、舞踏会は楽しんでいただけているでしょうか？」

「ああ、楽しませてもらっている。しかしさすがはベイゼルム王国。今まで参加したどの舞踏会よりも素晴《すば》らしい。だが我《わ》が国《くに》の舞踏会も引けは取らんぞ？　今度はこちらが招待しよう」

「ありがとうございます。その時には、是非《ぜひ》とも参加させていただきますね」

カイゼルとヴェルヘルム皇帝は、お互《たが》い笑みを浮かべながら話をしている。その間私は、ここで出しゃばることはせず黙って二人の会話を聞いていた。

「ああそうそう、謁見の際にご挨拶はいたしましたが、改めて紹介させていただきますね。こちら私の婚約者の……」

「セシリア・デ・ハインツと申します。ヴェルヘルム皇帝陛下が滞在《たいざい》されている間、お相手をさせていただくことになっております。どうぞよろしくお願いいたします」

「ああ、よろしく頼《たの》む」

私は一歩前に出てスカートの裾を摘まみ優雅にお辞儀をした。しかしヴェルヘルム皇帝は、そんな私を再びじっと見てきたのだ。

「ヴェルヘルム皇帝陛下？」

「……見た目だけでは噂の真偽《しんぎ》はわからぬな」

「え？」

「いや、なんでもない」

ぼそりと呟《つぶや》いたヴェルヘルム皇帝を不思議に見ていたが、ふとアンジェリカ姫の姿がないことに気がつく。どうやらそれはカイゼルも気になっていたらしく、キョロキョロと視線を周りに向けヴェルヘルム皇、アンジェリカ姫は今どちらに？」

「ヴェルヘルム皇帝に問いかけた。

「ああ、あそこにいる」

ヴェルヘルム皇帝が目で示してきたので、私とカイゼルはその視線の先を追った。

するとそこには、大勢の男性貴族に囲まれながら高らかに笑っているアンジェリカ姫がいたのだ。

(あの人達……あわよくば、皇女と結婚《けっこん》し王族の一員になろうと考えているのが丸わかりだな〜)

しかしアンジェリカ姫は、特に気にする様子もなく当たり前のように男性達からの賛辞を受けているようだ。

「アンジェリカ、こっちにこないか」

ヴェルヘルム皇帝が声をかけると、アンジェリカ姫は優雅に笑った。そして周りの男性達に一言声をかけ、一人でこちらに向かってきた。

「お呼びでしょうか、お兄様……まあ！　カイゼル王子もご一緒《いっしょ》でしたのね！」

目を輝かせたアンジェリカ姫は、隣にいる私を見て明らかに顔をしかめたのだ。

「アンジェリカ姫、その深紅《しんく》のドレスと胸元を飾《かざ》るエメラルドの首飾りが、貴女《あなた》の美しさを一層引き立てていますね」

「ありがとうございます。カイゼル王子もとても素敵ですわ」

カイゼルお得意の似非スマイルを見て、アンジェリカ姫は嬉しそうに笑みを浮かべ顔を赤く染める。私はそんな二人を見て複雑な気分になった。

(これはどう考えても、カイゼルに惚《ほ》れてしまうパターンだな〜。だけど……まだ婚約解消を公表していない以上、カイゼルには私という婚約者がいるんだよね。そんなカイゼルに、他国の皇女が入れ込むのはよくないと思うのだけど。場合によっては国際問題に発展してしまうんじゃ。何よりニーナルートがまだ閉ざされていないことを考えるなら、諦《あきら》めてもらわないと）

そう思い、私は一歩前に出てアンジェリカ姫に存在を示した。するとアンジェリカ姫が私を見て怪訝《けげん》な表情を向けてくる。

「なんですの？」

「改めてご挨拶させていただきますね。私ハインツ公爵《こうしやく》の娘《むすめ》で名を、セシリア・デ・ハインツと申します。そしてカイゼル王子の婚約者です」

「……わざわざ言われなくてもわかっていますわ」

「それは失礼いたしました」

「貴女、わたくしを馬鹿《ばか》にしていますの？」

「とんでもございません。ただ少し確認《かくにん》をしたかっただけです。アンジェリカ姫がこの国に滞在されている間のお相手を務める者として」

「貴女がわたくしのお相手？　いいえ、結構ですわ！」

「え？　しかし……」

（貴女方から指名を受けたんですけど？）

そう思いながらちらりとヴェルヘルム皇帝を見ると、小さくため息をつきアンジェリカ姫に声をかけようとした。

「アンジェ……」

「そうだわ！　貴女の代わりに、カイゼル王子がわたくしのお相手をしてくだされぱいいのですわ！」

アンジェリカ姫はいいことでも思いついたような顔でポンと手を叩《たた》く。その発言に私やカイゼルは驚《おどろ》いて目を瞠《みは》り、ヴェルヘルム皇帝は額を手で覆《おお》った。

「アンジェリカ姫それは……」

「あら？　皇女のわたくしにつり合うお相手は、王太子である貴方《あなた》しか考えられませんわ」

止めようとしたカイゼルに、アンジェリカ姫は当たり前といった態度を見せる。

（……まあ確かに、賓客《ひんかく》のそれも王族のお相手を務めるのは王妃様以外ではカイゼルが一番相応しいと思う。私も前にそう言ったし。……だけど、明らかにカイゼルを狙《ねら》っている様子のアンジェリカ姫が相手となるのは……）

カイゼルもそれがわかっているようで困った表情を浮かべている。そして何かを思案してから口を開きかけるが、先にヴェルヘルム皇帝が話を始めてしまった。

「カイゼル王子、すまないがアンジェリカに付き合ってくれないか？」

「それは……」

「アンジェリカにとって今回が初めての国外でな。いい思い出を与《あた》えてやりたいんだ」

ヴェルヘルム皇帝の言葉に、カイゼルは私の方を見てくる。正直そんなことを言われて駄目《だめ》だと言えるはずもなく、小さくため息をつくとカイゼルに頷く。

「私の代わりによろしくお願いいたします」

「セシリア……」

「ふふ、どうやら決まったようですわね。さあカイゼル王子、わたくしのお相手としてあちらで一緒に踊《おど》りましょう」

「……わかりました。王太子として客人のお相手をさせていただきます」

カイゼルは敢《あ》えて一歩引いた言い方をしたが、アンジェリカ姫は特に気にする様子もない。さらにはカイゼルの腕に自分の腕を絡《から》ませ、踊りの輪に向かって連れていってしまったのだ。そんな二人の姿を見て私は複雑な気持ちになる。

（あれがニーナとだったら見ていて気分がいいんだろうけど……そういえばそのニーナはどこに？　あの二人の姿を見て傷ついていないといいんだけど）

ニーナのことが気になりキョロキョロと辺りを見回すと、ニーナはレイティア様と楽しそうに話をしていた。

（とりあえずは大丈夫《だいじょうぶ》そうね）

ホッと胸を撫《な》で下《お》ろしていたその時、視線を感じ顔を上げると、ヴェルヘルム皇帝がまた私を見ていたのだ。

「ヴェルヘルム皇帝陛下？」

「確か噂では、セシリア嬢がカイゼル王子に一方的に惚《ほ》れ込《こ》み、強引《ごういん》な手を使って婚約したと聞いていたのだが」

「……」

そんな噂が立っていたのかと思いながらも、まあ敢えて訂正《ていせい》する気も起きなかったので曖昧《あいまい》な笑みを浮かべて黙っていた。

「その表情からするに、ただの噂だったようだな」

私を見ながらヴェルヘルム皇帝は、何か面白《おもしろ》いものでも見つけたかのように軽く口角を上げて笑った。

「そうだセシリア嬢、場所を変えないか？」

「え？」

「少し休憩《きゆうけい》をしたくてな」

そう言ってヴェルヘルム皇帝は、ちらりとこちらを遠巻きに見ている令嬢《れいじよう》集団を見る。

「………ああ～なるほど。わかりました。移動いたしましょう」

「助かる」

そうして私達は、給仕《きゆうじ》から飲み物を受け取るとベランダに移動した。

「誰《だれ》もいませんね」

「その方がいい。落ち着ける」

「それでしたら、私も別の場所に行きましょうか？」

「それでは意味がないだろう。すぐに女達が集まってきてしまう」

「ああ、そうでしたね」

ヴェルヘルム皇帝は私に呆《あき》れた表情を向けてきた。

「まあいい。それよりもセシリア嬢、何を飲んでいる？　酒か？」

「いえ、私はお酒が飲めませんので林檎《りんご》ジュースを飲んでいます」

「林檎か……美味《うま》いか？」

「ええ美味《おい》しいですよ。ヴェルヘルム皇帝陛下のはお酒でしたか？」

「そうだ。しかしもう飲み切ってしまった」

「あ、では給仕を……」

「いや、それでいい」

「え？」

飲み物を配っている給仕を呼ぼうとするよりも早く、ヴェルヘルム皇帝は私の持っていたグラスを奪い、そのまま一気にグラスの中身を飲み干してしまった。それも私の口紅がうっすらとついていた部分から飲んだのだ。

（いや、ちょっ！　それ間接キッス!!）

その衝撃《しょうげき》に動揺《どうよう》し固まっている私を気にも留めず、ヴェルヘルム皇帝はベランダの手すりに空のグラスを置いた。そんな彼の様子に、なんだか気にした私が馬鹿だったと思い忘れることにする。

「そういえばヴェルヘルム皇帝陛下、まだご結婚はされていないとお聞きしましたが、ご婚約はされているのですか？」

「いや、荒《あ》れきった国を立て直すのに忙《いそが》しかったからな。そんな相手を見つける暇《ひま》すらなかった。だがようやく落ち着いてきた今、大臣達から早く結婚しろとうるさく言われている」

「そうでしょうね。ではさきほどまでご一緒でしたご令嬢方の中に、どなたか気になる方はいらっしゃいましたか？」

「いたらここにはいない」

「……まあ、そうですね」

再び呆れた表情で私を見てくるヴェルヘルム皇帝に、苦笑いを返した。

（ふむ、予想通り国に婚約者はなし！　今のところ気になる女性もなし！　これはニーナを勧《すす》めるチャンスだね！）

さっそくニーナのことを話そうと口を開きかけたその時、次のヴェルヘルム皇帝の言葉に硬直《こうちょく》した。

「そもそも妃《きさき》となる女などただ世継《よつ》ぎを産むためだけの存在だろうに、なぜそこまで必死になって俺に取り入ろうとするのか正直理解ができん」

「…………は？　今なんとおっしゃいましたか？」

「だから女は、ただ子どもを産むためだけの存在だと」

私が聞き返したことで、ヴェルヘルム皇帝は眉根《まゆね》を寄せた。その瞬間《しゅんかん》、ニーナを紹介する気など一気に吹《ふ》き飛《と》び逆に怒《いか》りが湧《わ》いてきた。

（ヴェルヘルム皇帝って、女性に対してこんな考え方をするキャラだったんだ。うん駄目だ。いくら攻略《こうりゃく》対象者でも、ニーナには絶対紹介したくない！）

そう心の中で思い、私は険しい表情でヴェルヘルム皇帝を睨《にら》みつけた。

「ヴェルヘルム皇帝陛下！　言わせていただきますけど、その考え方は改めていただきたいです！」

「なんだと？」

「どれだけヴェルヘルム皇帝陛下が政治手腕《しゅわん》に長《た》けた方だとしても、女性をそのように軽視する方に、国民はついていきません！　特に女性からの反発は必至ですよ！」

「……」

「女性は子どもを産むためだけの存在だと言われましたが、その新たな生命をこの世に産むこと自体とても大変なことなのですよ。場合によっては母子共々命に関わることだってあるのですから。それを当たり前のように言わないでください！　それに今生きている方々は全員、その女性から生まれているのです。もちろんヴェルヘルム皇帝陛下もです。ですから命をかけて産んでくださった女性の方々に感謝こそすれ、軽視するなど以《もっ》ての外《ほか》です！」

そこまで一気に捲《まく》し立《た》て荒い呼吸を繰《く》り返《かえ》す。しかしそこでようやく冷静さを取《と》り戻《もど》した私は、サーッと顔から血の気が引いた。

（ヤバイ、怒りに我を忘れて言いまくってしまった！　これ、場合によっては不敬罪で投《とう》獄《ごく》されて最悪は処刑《しょけい》？）

悪い考えが頭をよぎり、目眩《めまい》までしてくる。だが予想に反してヴェルヘルム皇帝は口元を手で隠《かく》し、小刻みに震《ふる》えながら小さな笑い声を漏《も》らしたのだ。

「くく、俺に意見してきた女など初めてだ。あのアンジェリカでさえ、我儘《わがまま》は言うが意見などしなかったのだがな」

そう言いながらヴェルヘルム皇帝は、面白いものでも見るような眼差しで私を見ていた。

「ヴェルヘルム皇帝陛下？」

「面白い女だ。ふっ、気に入った」

「…………はい!?」

なぜ今の流れで気に入られてしまったのかわからず、思わず素っ頓狂《すっとんきょう》な声をあげてしまう。すると私達のもとに近づいてくる人物がいた。

「お兄様、ここにいらっしゃったの……まあ！　お兄様が人前で笑っていらっしゃるなんて珍《めずら》しいですわ！」

驚いているアンジェリカ姫であった。さらにその隣には、アンジェリカ姫に腕を取られながら困惑《こんわく》した表情を浮かべているカイゼルもいたのだ。

そのカイゼルは笑っているヴェルヘルム皇帝と私を何度も見比べると、何かを察したのか難しい顔で小さくため息をつかれてしまった。

「お兄様？　どうかなさいましたの？」

「いや、なかなか面白いモノが見られたからな」

「……面白いモノ、ですか？」

ヴェルヘルム皇帝の言葉にアンジェリカ姫は戸惑いの表情で首を傾《かし》げた。だがヴェルヘルム皇帝は敢えて何も言わず、ちらりと私を見てきた。その視線を追って私を見たアンジェリカ姫は険しい表情になる。

「貴女、何をしたの？」

「いえ、特に何もしていないのですが……」

「嘘《うそ》おっしゃい！」

アンジェリカ姫は見るからに不機嫌《ふきげん》そうな顔になり、鋭《するど》い眼差しを向けてくる。完全に敵意むき出しの様子に、私はどうしたものかと困ってしまう。

「わたくし、貴女のこと噂でお聞きしましてよ？　貴女が父親の権力を使って、カイゼル王子の婚約者になったということを。さらに裏では、いろいろとあくどいことをされているようね。ああお可哀想《かわいそう》なカイゼル王子。望んでもいない婚約を強《し》いられているなんて」

アンジェリカ姫はカイゼルに同情の目を向ける。カイゼルはというと、いつもの似非スマイルを顔に張りつけながらも、わずかに唇《くちびる》の端《はし》がピクピクと引きつっていた。どうやら頑張って堪《こら》えているようだ。

「それにしてもカイゼル王子、どうしてこの方との婚約を続けられているのですか？　正直公爵令嬢という身分以外、特に取《と》り柄《え》があるようにはお見受けできませんわ」

アンジェリカ姫は私の方に視線を向け、再び鼻で笑うと見下してきたのだ。その瞬間、カイゼルの背中から黒オーラが漂《ただよ》い出たように感じた。

（ちょっ、カイゼル怒《おこ》らないで！　確かにアンジェリカ姫の発言はいろいろ問題があるけど、この場で貴方が怒ったら、国際問題に発展するから！）

私はカイゼルに視線を向け、無言の訴《うった》えをした。すると私の気持ちに気がついたのか、なんとか怒りを収めてくれたようだ。

しかしアンジェリカ姫はそんな私達のやり取りに気づかず、さらにカイゼルを哀《あわ》れんだ表情で見てきた。

「きっと何か弱みを握《にぎ》られていらっしゃるのですわね。それで婚約解消したくともできなかったのでしょう？　わたくしにはわかりますわ！　この方、とても性格が悪そうに見えますもの！」

キッパリと断言されてしまった。

だが私は、気分を害することもなくただただ感心してしまったのだ。

（おお……さすが悪役《ライバル》ポジションキャラだ。うん、本来悪役キャラってこうだよね。結局私は悪役令嬢役をやらなかったから、逆にその悪役っぷりが新鮮《しんせん》に感じてしまうよ）

まだ私のことをけなし続けているアンジェリカ姫を見ながら、心の中で何度も頷く。

その時、再びカイゼルの背中から黒いオーラが漂い出ているように感じたのだ。

（あ、これはさすがにまずいかも……）

そう察しアンジェリカ姫の言動をそろそろ止めようとしたのだが、それよりも早くカイゼルが口を開いた。

「アンジェリカ姫、何か誤解をされているようですので訂正させていただきますね」

「誤解？」

「ええ。そもそもセシリアとの婚約は、私から望んだことなのですよ？」

「え？」

「そしてセシリアが私の弱みを握っていたわけでもありませんし、さらに言うならセシリアはとても心の綺麗な女性です。人を思いやる気持ちがあり、自分が傷つこうが他者を守ろうと行動する。そのたびに心配しながらも、同時に私の心はセシリアへの想《おも》いで溢れていったのです」

「カイゼル……」

途中《とちゅう》から私を見つめ語っていたカイゼルに、心臓が大きく波打つ。そして改めてカイゼルが、私のことをすごく想ってくれているのだと実感した。

アンジェリカ姫は何度も瞬《まばた》き信じられないといった表情でカイゼルを見るが、すぐに不機嫌そうな顔で私を睨みつけてきた。そんなアンジェリカ姫に、私は苦笑いを浮かべることしかできない。

ムッとした表情のままアンジェリカ姫は、ツンと反らした顔をヴェルヘルム皇帝に向ける。

「お兄様、わたくし気分が悪くなってまいりましたわ。もうお部屋に戻りましょう」

「……」

だがヴェルヘルム皇帝は、アンジェリカ姫に返事をしなかった。一体どうしたのかと不思議に思って見ていると、ヴェルヘルム皇帝は私を見つめ何か思案しだしたのだ。

「お兄様？」

「俺はここにいる。部屋に戻りたいのなら、供をつけるから先に戻っていろ」

「そんな！　わたくし一人で戻れとおっしゃるの？　……お兄様はここに残られて、何かなさるおつもりで？」

「まだセシリア嬢と踊っていない」

「………は？　私と、ですか？」

まさかの発言に私は一瞬《いっしゅん》固まると、すぐに聞き返してしまった。

「お、お兄様……わたくしの聞き間違《まちが》いですわよね？　その女と踊るだなんて……」

「聞き間違いではない。さあセシリア嬢、行くぞ」

「え？　いや、ちょっ、待ってください！」

動揺している私の手を取り腰に腕を回されると、そのまま強制的に広間へ連れ戻されてしまったのだ。その時ちらりとカイゼルを見ると、険しい表情を浮かべてたたずんでいた。

アンジェリカ姫はというと、唇を嚙《か》みしめながらじっと私を睨みつけている。

（いやそんな表情されても、私だってこの状況に困惑しているんですけど!!）

心の中で叫《さけ》びつつ、とうとう踊りの輪の中に入ってしまった。そしてヴェルヘルム皇帝はなんの躊躇《ちゅうちょ》もなく踊りの体勢に入る。

「……本当に踊るのですね」

「そう言っただろう。それにこの国に滞在中、俺の相手をしてくれるのだろう？」

「うっ、そうでしたね……ただまさか、ダンスのお相手までさせられるとは思ってもいませんでしたので」

「いいからそろそろ始まるぞ」

ヴェルヘルム皇帝はそう言うなり曲に合わせて一気に動きだす。するとそのダンスの技術力の高さに驚かされた。リードもすごく上手《うま》くとても踊りやすかったのだ。

「ヴェルヘルム皇帝陛下……とてもお上手なのですね」

「まあ、立場上それなりに場数を踏《ふ》んできたからな。それに国のトップである俺が下手では、他の者に示しがつかないだろう」

「確かにそれもそうですね」

「しかし、セシリア嬢もなかなかに完璧《かんぺき》な踊りだな。今までの女達の中でも世辞抜《ぬ》きに一番上手い」

「お褒《ほ》めいただきありがとうございます。一応これでも王太子の婚約者ですので、一通りのことはできるよう幼少の頃《ころ》より教え込まれています」

「なるほど……では、王妃教育も受けているのか？」

「それはもちろん」

頷くと、私をじっと見つめ黙ってしまった。

「ヴェルヘルム皇帝陛下？」

「……ふっ、これはいいモノを見つけた」

「え？」

意味がわからないといった顔で問い返してみたが、答えは返ってこなかったのだった。

舞踏会の翌日、朝食を終えた私は自室でお茶を飲み寛《くつろ》いでいた。すると突然《とつぜん》大きな音を立てて扉が開き、そこからお父様が飛び込んできたのだ。

「セシリア！」

「お、お父様⁉　ノックもなしに入られるなんて、どうされたのですか？」

「ノック？　ああすまない、それどころではなかったから。それよりも大変なんだ！」

「お父様、落ち着いてください」

「とても落ち着いていられる状況じゃないんだよ！　あのヴェルヘルム皇帝陛下から同盟の申し出があったのだが、その条件にセシリアを妃にと望んできたんだ！」

「…………え？　誰が誰の妃に、ですって？」

「だから、ヴェルヘルム皇帝陛下がセシリアを妃にと望んだんだよ！」

「…………はぁぁぁぁぁ⁉」

お父様の言葉に、私は部屋中に響くほどの大きな声をあげてしまったのだった。

三 同盟の条件

ランドリック帝国《ていこく》がベイゼルム王国と同盟を結ぶことで得る利点は、自然豊かなベイゼルム王国が誇《ほこ》る豊富な農作物が安定した輸入量で手に入ること。これにより国民の食卓《しょくたく》が格段に良くなる。代わりにベイゼルム王国は、ランドリック帝国から純度の高い鉱産物を大量に輸入することができる。

(うん、それが、双方《そうほう》の国にとても有益なお話なのはわかるよ。だけど、それでなぜ同盟の条件に私を妃《きさき》にと望むの？　絶対おかしいでしょう!!)

私は険しい表情を浮《う》かべながら、ヴェルヘルム皇帝《こうてい》が滞在《たいざい》している客室に向かっていた。

(これは直接抗議《こうぎ》して、そんな条件変えてもらわないと！)

そうして目的の部屋の前に到着《とうちゃく》した私は、一度深呼吸をしてから目の前の扉《とびら》をノックした。すぐに扉が少し開き、そこから薄《うす》い水色の髪《かみ》に黄色い瞳《ひとみ》をした二十代後半ぐらいの男性が顔を覗《のぞ》かせてきたのだ。その男性は私の顔をじっと見つめ何かに気がつくと、にっこりと微笑《ほほえ》んで扉を大きく開けてくれた。

「よくいらっしゃいました。どうぞ中へお入りください」

「……失礼いたします」

男性の様子に戸惑《とまど》いながらも、促《うなが》されるまま部屋の中に入る。

すると真剣《しんけん》な表情で執務《しつむ》机に向かい、何か書き物をしているヴェルヘルム皇帝が目に入ってきたのだ。しかし私の入室に気がつき動かしていた手を止めちらりとこちらを見ると、口角を上げてニヤリと笑ったのだ。

「やはり来たか」

「……その様子ですと、私が言いたいことはわかっていらっしゃるようですね」

「ふっ、まあな。だが今は先にやらなければいけない仕事がある。そこに座《すわ》って少し待っていてくれ。ノエル、セシリア嬢《じょう》にお茶をお出ししろ」

「畏《かしこ》まりました」

さきほど扉を開けてくれたノエルと呼ばれた男性は、ヴェルヘルム皇帝に一礼をすると、隣《となり》の部屋へ移動しすぐに茶器を乗せたお盆《ぼん》を持って現れた。

「セシリア様、ご挨拶《あいさつ》が遅《おそ》くなり申し訳ありません。私はヴェルヘルム皇帝陛下の侍従《じじゅう》をしておりますノエル・ペントスと申します。どうぞお気軽にノエルとお呼びください。さあセシリア様、そちらでお寛《くつろ》ぎを」

「……ありがとうございます、ノエル」

本当はあまり長居をするつもりはないのだが、仕事と言われてしまっては邪魔《じゃま》するわけにもいかず、さらにお茶まで用意されてしまったので仕方ないと諦《あきら》め、長椅子《ながいす》に腰《こし》かけるとお茶を飲んで待つことにした。

「……わぁ！　美味《おい》しいです！」

「お口に合ってよかったです。そのお茶は我《わ》が国《くに》特産の茶葉を使用しておりまして、陛下も好んでいつも飲まれているお茶なのですよ」

「そうなのですか」

「ノエル、そろそろ仕事に戻《もど》れ」

「ああ、申し訳ありません。ではセシリア様、どうぞごゆっくりお寛ぎください」

ノエルはにこにことした笑顔《えがお》を浮かべながら私に軽く頭をさげ、すぐにヴェルヘルム皇帝のもとに向かっていった。するとヴェルヘルム皇帝は、ノエルの表情を見て眉間《みけん》に皺《しわ》を寄せる。

「なんだその顔は？」

「いえ、なんでもありません」

そう言いながらもノエルは、とても嬉《うれ》しそうな表情で何枚かの書類を受け取った。そんなノエルにヴェルヘルム皇帝は険しい眼差《まなざ》しを向けるが、結局それ以上追及《ついきゅう》することはせず黙々《もくもく》と仕事に戻ったのだ。

そうしてしばらくお茶を飲みながら時間を潰《つぶ》していると、何やら二人が難しい顔で同じ書類を見つめて動かなくなっていることに気がついた。

(ん？　どうしたんだろう？)

「……やはり何度計算しましても、ここだけ合いません」

「俺も同じだ。どこか間違《まちが》っているのか？」

「それもわかりません。ただ作った者に確認《かくにん》しようにも国にいるため、数日はかかってしまいます」

「さすがにそこまで待てんな」

「そうですよね……」

そう言って同時に唸《うな》りだす。

(ああなるほど。書類に不備があったけど、それが何かわからず困っているのね)

二人の様子を見て納得《なっとく》した。するとヴェルヘルム皇帝が困った表情のまま顔を上げ、私に視線を向けると無言で見つめてきたのだ。

(なんだろう？)

視線の意味がわからず首をひねっていると、ヴェルヘルム皇帝はノエルに話しかけた。

「ノエル、この書類は他国の者に見せると問題はあるか？」

「え？　……ああなるほど。いえ、この書類に関しては見られても特に問題はありません」

「そうか。ならば頼《たの》む」

「畏まりました」

ノエルはヴェルヘルム皇帝から書類を受け取ると、なぜかそのまま私のところにやってきた。そして笑みを浮かべたまま、その書類を私に差し出したのだ。

「セシリア様、よろしければこちらを見て貴女様《あなたさま》のご意見を伺《うかが》わせていただけませんか？」

「え？」

「第三者からの視点が、時として私達が気づかない部分を発見することがありますので」

「確かにそうかもしれませんが……本当に私が見ていいのですか？」

「ええ、構いません。ただ他の書類もと言われますと困りますが……」

「さすがにそのようなことは言いませんよ。でもきっと、私が見てもわかりませんよ」

仕方ないと諦め、ノエルから書類を受け取り目を通す。

(どうしてこんなことに……ん？　あれ？　この部分ちょっとおかしいような)

眉間に皺を寄せ、じっとある箇所《かしょ》を見つめる。

「何か気になるところがあったのか？」

私の様子にヴェルヘルム皇帝が椅子から立ち上がり、近づいて声をかけてきた。

「はい。ここの数字、おかしくありませんか？」

「ん？　どこだ？」

「えっと……この文面と書かれている数字からいくと、ここの数字は五ではなく九だと思われるのですが？」

「なんだと⁉」

私の指摘《してき》に二人は慌《あわ》ててもう一度書面に目を通し、すぐに驚《おどろ》きの表情に変わる。

「確かに……」

「セシリア様がおっしゃった通りに計算いたしますと、ピッタリ合います！」

「どうやら問題が解決したようでよかったです」

そう言ってにっこりと微笑んだ。

（いや～前世でＯＬをしていた時に、何度もこういった書類のミスを見かけたんだよね。だからなんとなく、どこが間違いやすいかわかるようになったんだよな～。まあ、まさかその経験がここで活かされるとは思ってもいなかったけど……）

心の中で苦笑いを浮かべながらも、書類を訂正《ていせい》している二人を見ていた。

「セシリア様！　本当にありがとうございました！」

「いえ、少し気になったことを言わせていただいただけですので」

「それでも助かりました！　では陛下、これらの書類を本国に送る作業に入ります。セシリア様はどうぞこのまま、陛下とゆっくりお過ごしください」

ノエルは書類の束を胸に抱《だ》きながら、ご機嫌《きげん》な様子で部屋から退出していった。

そうして部屋には、私とヴェルヘルム皇帝の二人きりとなってしまう。そのことに気がつき、すっかり来た時の勢いをなくしてしまっていた私は、なんだかとても居心地《いごこち》が悪くなってしまっていた。

「えっと……とりあえずまた時間を改めてから来ます」

「いや、ノエルも言っていただろう。ゆっくりしていくがいい」

「いや、ゆっくりと言われましても……」

立ち上がろうとしていた私の肩《かた》を押さえて座らせると、ヴェルヘルム皇帝も向かいの長椅子に脚を組んでゆったりと座った。

その完全に話を聞くぞ体勢に、私は仕方ないと諦める。

「それにしても、よくあの書類の間違いに気がついたな」

「たまたまです」

「そうか、たまたまか。だが俺達でさえ気づけなかった部分に気がつくとは、ますますお前を手に入れる価値があるな」

「なっ⁉」

「どうせここには、同盟の条件のことを言いにきたのだろう？」

「そうですけど……」

「いいだろう。時間はたっぷりとある。セシリア嬢の言い分を聞かせてもらおうか」

ヴェルヘルム皇帝はそう言って、余裕《よゆう》の表情で指を組みじっと見てきたのだ。

私は小さくため息をつくと、本来の目的を果たすことにした。

「では言わせていただきます。同盟の条件としてなぜ私を妃にと望まれたのでしょうか？　全く意味がわかりません。私はすでに王太子と婚約が決まっているのですよ？」

「まあ不思議に思うのは当然だろうな。だがセシリア嬢が俺の妃に相応《ふさわ》しいと、昨日のやり取りで直感したからだ。さらに言うならば、公爵令嬢《こうしやくれいじよう》という身分も十分相応しい」

「確かに身分だけ考えれば妥当《だとう》なのかもしれませんが、ランドリック帝国にも公爵令嬢はいらっしゃいますよね？　それか他国の王女でもよろしかったのではないですか？」

「俺は元々自国の女を妃にするつもりはない。下手に娶《めと》ればその家に力がつきすぎ、ようやく落ち着いてきた国の均衡《きんこう》が崩《くず》れかねんからな。それに他国の王女もプライドが高すぎる女が多くてうんざりしていた。その点セシリア嬢はその心配がない。むしろ今まで出会ってきたどの女とも違いとても興味深い」

ヴェルヘルム皇帝は私を見つめニヤリと笑った。

「興味深いって……」

「あの舞踏会《ぶとうかい》の時に言っただろう？　気に入ったと」

「あれ本気だったのですか⁉」

「当たり前だろう。あのようなことを言ったのは、セシリア嬢が初めてだ」

「……私はこの国の王太子の婚約者《こんやく》です。どう考えてもおかしいとは思わないのですか？」

「もちろん王太子の婚約者を妃にというのが問題であることはわかっている。だがそれでもどうしてもお前を手に入れたいと思った。だからこそ同盟の条件にした。そうすれば、いくら婚約していても覆《くつがえ》せるからな」

その言葉を聞き、フツフツと怒《いか》りが込み上げてきた。

「そんなに私は……子どもを産むのに適した女に見えたのですか！」

「ん？」

「ヴェルヘルム皇帝陛下が昨日おっしゃったではありませんか！　女は子どもを産むだけの存在だと。だから身分的にも条件のいい私を選ばれたのですよね？　ですが私は、そのような理由で結婚《けっこん》などしたくはありません！」

「……では同盟を断る、ということだな？」

「うっ！　そ、それは……」

「まあそもそも、何か勘違《かんちが》いをしているようだ。俺はセシリア嬢のことを、子どもを産ませるためだけに選んだのではないからな」

「え？」

「セシリア嬢なら俺の妃、さらには皇妃《こうひ》として申し分ないと思ったからだ。そしてそれは、さきほどの書類の件で確信に変わった。だからどんなに嫌《いや》だと言っても、同盟の条件を変えるつもりはない」

「そういうことだから、諦めて俺の妃になるんだな」

不敵に笑うヴェルヘルム皇帝を見て、私は絶句した。

（どうしてこんなことに……あ、もしかしてストーリー上こういう展開になっていたとか？　……いやいや、いくらなんでもそんなわけないか。普通《ふつう》に考えたら、ヒロインではなく悪役令嬢《ライバル》キャラを狙《ねら》う攻略《こうりやく》対象者なんていないでしょう。最終的にヒロインとくっつくにしても、さすがにちょっと設定的におかしいよね。……多分）

結局前世でこのＤＬＣをやることができなかったため、本来の内容がわからず絶対違うとは言いきれなかった。

その時、突然《とつぜん》扉が大きな音を立てて開いたのだ。

「お兄様！」

「アンジェリカ、入る時はノックをしないか」

「あら、わたくしとしたことが……いえ今はそれよりも、一体どういうことですの？」

「どういうこととは？」

「それはもちろん、同盟の条件ですわ！」

いきり立ったアンジェリカ姫《ひめ》は、こちらに近づいてきた。しかしその足がピタリと止まり、目を見開いて私を凝視《ぎょうし》してきたのだ。

「な、な、なんで貴女がここにいるの!!」

どうやら入口からはヴェルヘルム皇帝の背中が邪魔をして、私の姿が見えていなかったようだ。するとアンジェリカ姫は、目をつり上げ私を憎々《にくにく》しげに睨《にら》みつけてきた。

(あ〜この表情、ゲーム内のセシリアがよく見せていたのと同じだ)

そんなことを思い出し、怒《おこ》っているアンジェリカ姫を見ながらなんだか懐《なつ》かしさを感じる。

「なんですの、その表情は！」

「え？　私、何か変な顔をしていましたでしょうか？」

「わたくし怒っていますのよ！　それなのになぜ貴女は微笑んでいますの！」

「微笑んで？　いえ、そのようなつもりは……」

無意識だったため、そう言われても答えようがなかった。

「っ、わたくしを馬鹿《ばか》にしていますのね！　やはり最悪な性格ですわ！　どうせ貴女がお兄様を誘惑《ゆうわく》し、無理やり同盟の条件にしたのでしょう。わたくしにはお見通しですわよ！」

アンジェリカ姫は私を指差し堂々と言い切ったのだ。

「お兄様はこの女に騙《だま》されていますわ！」

「いや、騙されてはいない。アンジェリカ、とりあえず落ち着かないか。そもそもお前は、俺が女の誘惑で堕《お》ちるような男だと思っているのか？」

「い、いえ……ですがこの女は絶対おかしいですわ！　カイゼル王子だけでなく、どうやら弟君や貴族の男女、さらには巫女《みこ》まで囲っているとお聞きしましたもの。……正直この女のどこがいいのか、わたくしにはさっぱりわかりませんわ」

「俺にはわかるがな」

ヴェルヘルム皇帝は、ちらりと私を見ながらうっすらと笑ったのだ。

「お、お兄様にこの女は相応しくありませんわ！　どうか考え直して！」

「ほ～お前が俺に意見してくるなど初めてだな。だがそれでも考え直すつもりはない。それよりもアンジェリカ、逆にこれはお前にとってチャンスにならないか？」

「え？　チャンス？」

理解できないという顔で、アンジェリカ姫は小首を傾《かし》げる。

「わからないのか？　もしセシリア嬢が俺の妃となれば、自動的にカイゼル王子はフリーとなる。あとはお前の魅力《みりょく》で振《ふ》り向《む》かせてみろ」

「……なるほど、確かにお兄様の話も一理ありますわね。ですがわたくし、この女よりも数倍魅力的であると自負しておりますのよ。だからお兄様がわざわざその女を妃に選ばれなくても、カイゼル王子は絶対にわたくしを選びますわ！」

「そうか」

「こうしてはおれませんわ！　さっそくカイゼル王子に、わたくしの魅力を見せつけてまいりますわ！」

そうアンジェリカ姫は意気込《いきご》むと、急いで部屋から出ていったのだ。

「妹がすまなかったな」

「いえ。しかし……アンジェリカ姫をあのままにされてよろしいのですか？　今現在カイゼルは婚約中なのですよ？　それなのにアプローチをするのはどうかと。まあこれは、ヴェルヘルム皇帝陛下にも同じことが言えますが」

「ふっ、問題ない。さっきも言った通り同盟の条件を呑み、セシリア嬢が俺の妃となればいいだけの話だ」

「う～やはり、私を妃にするという条件は……」

「変えるつもりはない」

「……ですよね」

キッパリと言い切ったヴェルヘルム皇帝を見て、私は大きなため息をついたのだった。

結局同盟の条件を変えさせることができないまま私は、ヴェルヘルム皇帝の部屋を辞し、重い足取りで自室に戻るため廊下《ろうか》を歩いていた。するとそんな私のもとに、カイゼルが反対方向から駆《か》け寄《よ》ってきたのだ。

「セシリア！」

「あ、カイゼル……」

「セシリア、さきほど父上から聞いたのですが……ヴェルヘルム皇が、同盟の条件に貴女を望んだというのは本当なのですか？」

「残念ながら本当のことです」

「くっ、やはり嫌な予感は当たってしまいましたか」

「その様子ですと、こうなることを予想されていたのですか？」

「まあさすがに、同盟を条件に出してくるとは思ってもいませんでしたが」

カイゼルは難しい顔になり私を見てきた。

「ですが安心してください。必ずあのような条件、取りさげさせてみせますから」

「そうしていただけると助かりますが……ただ国際問題になるようなことだけはなさらないでくださいね。国民をどうぞ第一に考えてくださいませ」

「ふふ、もちろんですよ」

そう言うとなんだか黒い笑みを浮かべるカイゼルを見て、私は呆《あき》れるのだった。

四　隣国の皇帝

私は一人、城の中にある図書室に来ていた。

「う〜ん、ランドリック帝国《ていこく》に関する資料は……」

そう呟《つぶや》きながら、本棚《ほんだな》にぎっしりと並べられている本を指でなぞりながら探していた。

「あ、多分これかな」

目当ての本を引《ひ》き抜《ぬ》き、その後もさらに何冊か見繕《みつくろ》ってから奥《おく》にある閲覧《えつらん》スペースに移動した。

「さて、まずはこれから読もうかな」

一冊の本を手に取り中を開く。

そもそもなぜ私がこのようなことをしているのかというと、ヴェルヘルム皇帝《こうてい》に同盟の条件を変えてもらうにも、まずはいろいろと情報を知っておいた方がいいと思ったからだ。一応カイゼルに条件のことを頼《たの》んではいるけど、やはり私自身も動こうと思ったから。だからこそ事前にもらった資料よりも詳《くわ》しく書かれている書物を探しに、この図書室までやってきた。

（えっと、この本によるとランドリック帝国は、ベイゼルム王国よりも前に建国されたみたいね。そしてランドリック帝国は鉱山に囲まれており鉱物が豊富に採れるため、その交易で国は潤《うるお》い大国にまで成長したと。なるほどなるほど。ただ土地が痩《や》せていて作物の育ちが悪いため、農作物は輸入に頼《たよ》っている。ふむふむ。ちなみに採れた鉱物を使って武器や防具も作っているから、街には一流の鍛冶《かじ》職人が多く集まっているのか。あ〜もしかして、前世でやっていたRPG《アールピージー》に出てきた街みたいな感じかな？）

なんだか街の様子が思《おも》い浮《う》かび、自然とわくわくしてしまった。しかしハッと我《われ》に返り頭を振《ふ》ると、すぐに視線を本に戻《もど》した。

「……よし、ランドリック帝国の歴史と産業はだいたいこれでわかったかな。じゃあ次に王族関係の本を……」

「ん？　そこにいるのはセシリアか？」

「え？」

次なる本を手に取ろうとして声をかけられ、手を伸《の》ばした状態のまま声が聞こえた方に視線を向ける。

「あ、シスラン」

「お前がここにいるなんて珍《めずら》しいな。いつもは王宮学術研究省の本で満足していただろう？」

「他国に関する書物は、こっちの方が多くあると聞いたからね」

「他国に関する書物？　……ああ、ランドリック帝国関連の本か」

シスランは机の上に置いていた本のタイトルをざっと見て、眉間《みけん》に皺《しわ》を寄せながら不機《ふき》嫌《げん》そうに呟いた。

「お前……ヴェルヘルム皇帝のもとに嫁《とつ》ぐ気なのか？」

「え？　全くそのつもりはないよ？」

「ならどうして、ランドリック帝国関連の書物ばかり読んでいるんだ」

「それはもちろん、まずは敵を知るべし！」

「敵………はぁ～セシリアらしいな」

胸を張って自信満々に言ったのだが、なぜかシスランは私を見ながら呆《あき》れたため息をついたのだ。

「まあいい。そういうことなら俺も手伝ってやる」

「え？　でもシスランは、何か用事があってここに来たんじゃないの？」

「いや、べつにたいしたことじゃないから気にするな。………そこら辺で噂《うわさ》になっている同盟の条件の話を聞きたくなくて、ここに逃《に》げてきただけだからな」

「ん？　シスラン何か言った？」

「な、なんでもない！　それよりもどこまで調べたんだ？」

「えっと……あ、とりあえずシスランも座って。ここ空けるから」

　机の上に広げていた本をどかし、隣《となり》の椅子《いす》に座るよう促《うなが》した。その椅子にシスランが座る。

「それで、結局どこまで調べたんだ？」

「一応ランドリック帝国の歴史と産業については調べたよ。だから今度は、王族のことを調べようかと思って」

「それなら……ああここだ」

「え？　どれ？」

「っ！」

　シスランが開いてくれた本を見ようと、身を乗り出して覗《のぞ》き込《こ》む。すると近くから、息を呑む音が聞こえてきた。それを不思議に思い、シスランの顔を見上げる。

　その瞬間《しゅんかん》、シスランは顔を真っ赤に染め驚愕《きょうがく》の表情で固まってしまったのだ。

「シスラン？　どうかしたの？」

「お、お前は……俺を殺す気か!!」

「へっ？　殺す!?　どうしてそんなことになるの!?」

「俺の気持ちを知っているだろう！　その行動は十分俺を殺すんだよ！」

「あ、えっと……ごめん」

ようやく状況《じょうきょう》を察した私は、慌《あわ》ててシスランから体を離《はな》し椅子に座り直した。そしてちらりと様子を窺《うかが》う。そのシスランは仏頂面《ぶっちょうづら》で顔を背《そむ》け、眼鏡《めがね》の位置を直していたが、頬《ほお》はまだほんのりと赤かった。

「や、やっぱり私、部屋に戻って一人で調べるね」

なんだかバツが悪くなり急いで椅子から立ち上がると、机の上の本を取ろうと手を伸ばした。しかしその手をシスランが強く掴《つか》み、真剣《しんけん》な眼差《まなざ》しで私を見つめてきたのだ。その突然《とつぜん》の行動に思わず心臓が大きく跳《は》ねた。

「シ、シスラン？」

「行くな」

「っ」

「行かないでくれ。せっかくお前と二人でいられる時間ができたんだ……もう少し一緒《いっしょ》にいたい」

「シスラン……」

じっと見つめてくるシスランに動揺《どうよう》しながらも私は頷《うなず》き、もう一度椅子に座り直した。

だがまだ手は掴まれたままだった。

「あの～そろそろ手を離して欲《ほ》し……」

「ほら、お前が見たかった部分はここだ」

私の言葉を遮《さえぎ》るように、シスランが空いている方の手で本を開き私に見せてきたのだ。

思わず本の方に目が行き内容に見入る。

「なるほど……お父様の資料にも書いてあったけど、やはり前皇帝の悪政で国は一度大きく傾《かたむ》いていたんだね」

「ああ。どうやら国庫で豪遊《ごうゆう》を繰《く》り返《かえ》し、足りなくなれば国民から税金と称《しょう》して金を巻き上げていたらしい。さらに多くの官僚達《かんりょうたち》も、一緒になって私欲で国を動かしていたとか」

「うわぁ～最低……」

「だがそんな状況を見かねたヴェルヘルム皇帝が立ち上がり前皇帝を排除《はいじょ》すると、すぐに悪行をおこなっていた官僚達全員の身分と財産を剥奪《はくだつ》して国から追い出したらしい」

「まあ確かに、そのまま残していてもいろいろ問題だもんね」

「だがそこまでしたおかげで、ランドリック帝国はわずか三年で再び大国と呼ばれるほどに回復したんだ」

シスランの話を聞き、改めてヴェルヘルム皇帝はすごい人なんだと感心した。

「だけどセシリア……ヴェルヘルム皇帝には気をつけた方がいい」

「え？　なんで？」

「噂で聞いたんだが……前皇帝をヴェルヘルム皇帝自らの手で殺《あや》めたとか。さらに歯向かってきた官僚の何人かも……」

「なっ⁉」

「だから、いくらヴェルヘルム皇帝に気に入られていたとしても油断するなよ。何か気に障《さわ》ることがあれば、容赦《ようしゃ》なく剣《けん》を向けられる可能性だって……」

「俺はそこまで非道ではない」

「「‼」」

後ろから聞こえた声に、私達は同時に振り返った。するとそこには無表情で腕《うで》を組んで立っているヴェルヘルム皇帝がいたのだ。

「ど、どうしてヴェルヘルム皇帝陛下が、ここにいらっしゃるのですか⁉」

「宰相殿《さいしょうどの》にこの図書室の使用許可を得たから来た。だが俺の話題が聞こえてきたからな。気になって近づいてみたのだが……まさかセシリア嬢《じょう》が、他の男と密会している現場に出くわすとは」

「み、密会って……私はシスランに、わからないことを教えてもらっていただけです！」

どうも変な誤解をしているようなので、急いで訂正《ていせい》した。しかしヴェルヘルム皇帝はそんな私の顔を見たあと、ちらりと視線をさげた。

「ほ～この国では、手を繋《つな》いだ状態で教えを受けるのか」

「え？」

一体何を言っているのかわからないまま、視線を自分の手元に移した。そしてその目に、しっかりとシスランに掴まれている自分の手が映ったのだ。

「っ！」

私は慌てて手を引き抜き、顔を熱くさせながら動揺する。

(掴まれたままだったの忘れていた！)

自分の手を握《にぎ》り落ち着かなくなっていたのだが、そんな私を他所《よそ》にシスランとヴェルヘルム皇帝が険しい表情で見合っていたのだ。

「お前は……シスラン・ライゼントだな。王宮学術研究省所長の息子《むすこ》で、『天空の乙女《おとめ》』の教育係。そしてセシリア嬢とは幼馴染《おさななじ》みの関係だったな」

「……ああそうだ」

「なるほど。だが、どうやら俺の敵にはならんようだ」

「なんだと！」

ヴェルヘルム皇帝は私をちらりと見たあと、シスランに視線を戻し、ふんと鼻で笑った。

その態度にシスランは眉間の皺を深くし、鋭《するど》くヴェルヘルム皇帝を睨《にら》みつけたのだ。

なんだか険悪な雰囲気《ふんいき》に私は急いで立ち上がると、二人の間に割って入る。

「ちょ、ちょっと二人共落ち着いてください！」

「俺はいたって平静だ」

「俺もだ」

（どこが!!）

心の中でツッコみながら私の肩越《かたご》しで睨み合っている二人に、頭が痛くなってきたのだった。すると突然、ヴェルヘルム皇帝は私の手を取り歩きだす。

「え？　ヴェルヘルム皇帝陛下？」

「後は俺が引《ひ》き継《つ》ぐから、ここの片づけはお前に任せたぞ」

「なっ!?」

私の手を引きながらシスランに指示を出したヴェルヘルム皇帝に、シスランは驚《おどろ》きの声をあげる。

「おい、待て……」

「俺は皇帝であり王族だ。そもそも王族でもないお前に、俺を引き止める権利などない」

「くっ！」

引き止めようと手を伸ばしてきたシスランに、ヴェルヘルム皇帝は冷たく言い放つ。その言葉を受けシスランは、悔《くや》しそうに口を引き結び手を下ろした。

「シス……」

「いいから行くぞ」

その場で動かなくなってしまったシスランに声をかけようと口を開いたのだが、ヴェルヘルム皇帝によって強引《ごういん》に連れ出されてしまったのだった。

そのままヴェルヘルム皇帝の部屋まで移動すると、侍女《じじょ》にお茶を用意させ席を外させた。

そうして二人きりになる。

「それにしても、俺の国のことを率先《そっせん》して勉強するとは感心だな」

「それは……」

「皇妃《こうひ》としての自覚の表れか。いいことだ」

「はい!? ち、違《ちが》います！ そういうつもりで調べていたのでは……」

「ではどういうつもりだ？」

「うっ、えっと……」

さすがに敵を知るためと本人を前に言うわけにもいかず、私は困った表情で言い淀《よど》んでいた。するとヴェルヘルム皇帝はふっと笑い、どうやら私が考えていることなどお見通しであるかのような態度をとったのだ。

「まあいい。お前がどう足掻《あが》いても、同盟の条件は変わらんからな」

「そんなのわからないですよ！」

「ふっ、せいぜい頑張《がんば》るんだな」

「うう……あ！ そういえば気になることが……いえ、なんでもありません」

「なんだ？　言ってみろ」

「ですが……」

「お前の勉強を引き継ぐと言っただろう。いいから言ってみろ」

「……ではお言葉に甘《あま》えまして。ヴェルヘルム皇帝陛下は本当に前皇帝……実の父親をその……手にかけたのですか？」

「ああ」

「そう、ですか……」

「俺が怖《こわ》いか？」

「……………怖くないと言えば嘘《うそ》になります。ですがヴェルヘルム皇帝陛下の成されたことで、多くの人が助かっています。だから……他の方がどう言われようと、私はそれが絶対悪いことだとは言えません」

「……」

私の言葉を聞きながら、ヴェルヘルム皇帝は黙《だま》ってじっと見てきた。

「それに……一番辛《つら》かったのは、手にかけなければならなかったヴェルヘルム皇帝陛下本人だと思いますから」

「俺は俺のやるべきことをしたまでだ。父上をこの手で殺めたことは、今でも後悔《こうかい》はしていない。だが……あんな父上でも昔はいい皇帝だった。国民のことを考え、政《まつりごと》も公平におこなっていた。しかし……母上を病《やまい》で亡《な》くしてから変わってしまった」

「そういえば……ヴェルヘルム皇帝陛下のお母様は、アンジェリカ姫《ひめ》をご出産されてから数年後に亡くなられたと記載《きさい》がされていましたね」

「ああ。まだアンジェリカが三歳《さい》の時、母上は流行《はや》り病にかかりそのまま……そして父上は、母上を亡くしたことで塞《ふさ》ぎ込《こ》むようになってしまった。すると一部の官僚達が言葉巧《たく》みに父上をそそのかし、結果あのような皇帝に成り果ててしまったのだ。俺はそんな父上に再三やめるよう進言したが聞き入れてもらえず、ああするしか他はなかった」

「ヴェルヘルム皇帝陛下……」

握った自分の手をじっと見つめたまま話してくれたヴェルヘルム皇帝を見て、私はそれ以上何も言えなくなる。

「こんな話を聞かせてすまないな」

「いえ、私の方こそ無神経な聞き方をしてしまい、申し訳ございません」

「いや、気にしなくていい。どうせ俺の国にくれば嫌《いや》でも耳に入るからな。それならば先に、俺の口から話しておいた方がいいだろうと思っただけだ」

「私、ランドリック帝国へ行くとは言っていませんよ！」

「俺の妃《きさき》になることは決定事項《じこう》だ。諦《あきら》めろ。それよりも、俺のことはヴェルヘルムと呼べ」

「え？　ですが……」

「お前には特別に敬称《けいしょう》なしで名を呼ぶことを許可する。だから俺もお前を敬称なしで呼ぶ」

「そう呼ばれること自体は特に問題ないのですが、さすがにヴェルヘルム皇帝陛下を……」

「ヴェルヘルムだ」

「うっ……はぁ～わかりました。ヴェルヘルム」

「それでいい。俺を敬称なしで呼べるのはセシリア、お前だけだ。光栄に思うといい」

「光栄って……まあいいですけど」

なぜか嬉《うれ》しそうに口角を上げているヴェルヘルムを見て、私は呆れながらもまあいいかと思うことにした。しかしふと、最初に会った時よりも感じがよくなってきていることに気がつく。

（あれ？　これはもしかして……）

ある考えが頭に浮かび、恐《おそ》る恐《おそ》る尋《たず》ねてみる。

「あの～確認《かくにん》したいことがあるのですが？」

「なんだ？」

「ヴェルヘルムはまだ、女性は子どもを産むためだけの存在と思っているのでしょうか？」

「いや。お前に言われて考えを改めることにした。もうそのようには思わん」

「そうですか！　それを聞いて安心しました」

私はにっこりと微笑《ほほえ》む。

「これで気兼《きが》ねなく紹介《しょうかい》できそうです」

「お前は一体何を言っている？」

「ふふ、こちらの話です」

（出会わせるには少し遅《おそ》くなってしまったけど、今度ニーナとヴェルヘルムを引き合わせてみよう。そうすればきっとヴェルヘルムとニーナの恋が進むはず。さらにニーナを妃にと望んでくれれば、同盟条件も変わって一石二鳥！　ニーナも幸せ私も解放されて幸せ。うん、いいね！）

その時のことを思い、今からわくわくする。

「まあいい。もう俺に聞きたいことはそれぐらいか？」

「ん～とりあえず今のところはそれぐらいですね」

「そうか。ならば今度は、セシリアのことをいろいろ聞かせてもらおうか」

「え？」

「セシリアのことを知りたい」

「しかし……私のことなど聞かれても。そんなたいした話はありませんよ？」

「それでもお前の口から聞きたい。俺はあのカイゼル王子やさきほどのシスラン、さらにはお前の周りにいる者達より出遅《でおく》れているからな」

「出遅れている？　何を意味のわからないことを……べつにお話しすること自体はいいで

すよ。ではどこからお話しいたしましょう？」

「そうだな……」

そうしてヴェルヘルムに問われるまま、生まれてから今までにあった出来事を思い出せる範囲《はんい》で話したのだった。


次の日ニーナが私の部屋を訪ねてきた。私は侍女にお茶とお菓子《かし》を用意してもらい、ニーナと向かい合って椅子に腰《こし》かける。

「それでお話とは？」

「あ、はい。実は三日後に『天空の乙女』としての儀式《ぎしき》がおこなわれるのですが……それに私のパートナーとして、セシリア様にもご参加をお願いしたいのです」

「儀式に参加ですか……」

「駄目《だめ》、でしょうか？」

「まあパートナーに選んでいただいていますし、やらせていただきますよ」

「ありがとうございます！」

ニーナはとても嬉しそうな顔を浮かべた。

（確か本来この儀式も、ゲーム本編では攻略《こうりゃく》対象者が相手になるはずだったんだよね）

そう思いながらもニーナの頼みを断ることができなかった私は、司祭のもとまで赴《おもむ》き当日の詳しい説明を聞いたのだ。


儀式当日――。

私は神殿《しんでん》近くの控室《ひかえしつ》で、鏡を見ながらため息をつく。

（まさかこんな格好をしなくてはいけないなんて……）

私は白くヒラヒラと薄《うす》い布を摘《つ》まみ、なんとも言えない表情を浮かべる。

なぜなら今私が着ているのは、ニーナがあのお披露目《ひろめ》パレードの時に着ていた巫女《みこ》衣装《しょう》と同じものだったからだ。

（確かゲームでは、攻略対象者達が白い神官風の衣装を着ていたね。あれは……よかった。いつもと違う衣装を身にまとった攻略対象者達、皆素敵《すてき》だったな～。特にカイゼルが一番似合っていて、思わずゲーム画面をスマホで撮《と》って消えないように保護ロックまでかけていたんだよね）

今も鮮明《せんめい》に残る画像を思い出し、顔がにやける。

（だけど……まさか女性バージョンはこの衣装を着させられるとは思わなかったよ。私にこの衣装は似合わないと思うんだけど……。それだったらまだ男性バージョンの方を着た

かった)

着慣れないヒラヒラ感に、私は落ち着かなかった。するとそこにニーナが巫女衣装を着て現れたのだ。

「ああやっぱりニーナは、その衣装がよく似合っていますね」

ニーナの姿をしげしげと見て、満足そうに頷く。

しかしニーナはと言うと、私を見つめ惚《ほう》けた表情をしていた。

「ニーナ?」

「セシリア様、まるで女神様《めがみさま》みたいです!」

「え?」

「前の男装姿も素敵でしたが、そのお姿もとてもお美しく神々《こうごう》しいです!」

「そ、そう? ありがとうございます」

ニーナの賛辞に頬をひくつかせながらも、そろそろ時間だからと慌ててニーナを連れて部屋から出る。

そして神殿に向かい廊下《ろうか》を歩いていると、その先でカイゼルとヴェルヘルムが向かい合って立っていた。

(あれ? なんでカイゼルまでそこにいるの? 確かカイゼルは、儀式の見届け人として先に神殿内にいるはずじゃ?)

そう思っていると、二人の話し声がここまで聞こえてきた。

「ヴェルヘルム皇、どうして貴方《あなた》がここにいるのでしょうか？」

「俺はセシリアに、ここで待つよう言われたからだ」

「セシリアが、ですか？　それはなぜ？」

「俺もよくわからんが、どうしても会わせたい者がいるらしい」

二人の会話を聞いて立ち止まり苦笑いを浮かべる。

するとそんな二人の様子を心配したニーナが、私から離れ駆《か》け寄《よ》っていった。

「一体どうされたのです？」

「ん？　ああニーナですか。通行の邪魔《じゃま》をしてしまいすみません」

「いえ、それは全然構いませんが……」

カイゼルの謝罪に首を横に振って答えたニーナは、ちらりとヴェルヘルムを窺い見た。

「お前は……」

ヴェルヘルムはニーナをじっと見つめる。

「は、初めまして！　『天空の乙女』を務めさせていただいているニーナと申します」

ニーナは緊張《きんちょう》した面持《おもも》ちで、スカートを摘まみ会釈《えしゃく》した。

(よし二人の出会いイベント、上手《うま》くいったぁぁぁぁ！)

私は近くの柱の陰《かげ》に隠《かく》れ、一人ガッツポーズをとる。

（ヴェルヘルムに、あそこで待っていてと事前に言っておいてよかった～。ニーナは巫女姿で魅力度《みりょくど》アップしているし、間違いなく惚《ほ》れるでしょう！　まあカイゼルがいたことは予想外だったけど、特に問題ないよね。むしろこのまま二人でニーナを奪《うば》い合《あ》う展開になればそれはそれでおいしい！）

そんな場面を想像しニヤニヤする。

「お前が『天空の乙女』か。姿は何度か見かけたが、改めて話すのは今回が初めてだな」

「私などがヴェルヘルム皇帝陛下とお話しできるとは、思ってもいませんでした」

「そう気負うな。セシリアの友人だと聞いている。これからも会う機会は何度かあるだろう。気楽にしていい」

「ありがとうございます」

ニーナとヴェルヘルムは和《なご》やかに話をしていた。

（ん～どうも一目惚れをした感じには見えないけど……だったらこれからかな）

期待した感じにはならなかったことに残念な気もしたが、まだ時間はあると思うことにした。

「そういえばニーナ、お一人なのですか？」

カイゼルの問いかけにニーナは慌てて振り向きキョロキョロと見回すと、柱の陰にいた私を見つけてホッとした顔になる。

「セシリア様、そのようなところにいらっしゃらずこちらに来てください」

もうこれ以上の展開は望めそうにないと悟《さと》った私は、仕方ないと諦め三人のもとに向かった。

「カイゼル、ヴェルヘルム、こんにちは。ニーナ、一人で行かせてしまってごめんなさいね。そうそうヴェルヘルム、もう挨拶《あいさつ》は済んだみたいですけど、こちらが紹介したかったニーナです。とてもいい子なのでこれから仲良くしてあげてくださいね」

私はニーナを手で示して微笑む。

しかしカイゼルとヴェルヘルムは、なぜか私を見つめたまま固まってしまったのだ。

「どうしたのです？」

「セシリア……とても美しいです」

「あ、ありがとうございます」

うっとりとした表情で告げるカイゼルの言葉に、私は気恥《きは》ずかしくなる。その時突然、ぐいっと顎《あご》を摑まれヴェルヘルムの方に顔を向かされた。

「ほ～これはなかなか」

「ヴェルヘルム、なんでしょう？　手を離していただけませんか？」

顔をしかめて言うが、それでもヴェルヘルムは離してくれない。

「その姿でその表情もなかなかいいな」

「はい？」

「ヴェルヘルム皇、私の婚約者《こんやくしゃ》に何を……」

「ふっ、いいモノを見せてもらった。褒美《ほうび》をやろう」

そう言うとヴェルヘルムは顔を傾け、私の頬にキスをしてきたのだ。

「っ！」

私はその行動に顔を熱くさせ硬直《こうちょく》する。するとカイゼルが、ヴェルヘルムから慌てて私を引《ひ》き剝《は》がし胸に抱《だ》き寄せた。

「……」

「そう睨むなカイゼル王子。本当は唇《くちびる》にしたいのを我慢《がまん》してやったのだ。それに褒美だと言っただろう。さて、俺は仕事が残っているからこれで戻らせてもらう」

「ヴェルヘルム皇！」

「儀式を見ることができないのは残念だが、これで失礼する」

そうしてヴェルヘルムは去っていってしまった。その間ずっと私は、カイゼルの胸の中で激しく動揺していたのだ。

(なんで私がキスされないといけないの？　普通《ふつう》に考えて、ここはヒロインであるニーナがされるところだと思うんだけど⁉)

全くわけのわからない展開に困惑《こんわく》する。

「……ニーナ、すみませんが先に行って、司祭に少し遅れると伝えてきてもらえませんか？　私はセシリアを落ち着かせてから行きますので」

「あ、はい……わかりました」

　複雑そうな表情を浮かべていたニーナはカイゼルの言葉に頷き、ちらりと私を見てから神殿へと駆けていった。

　そうしてその場には私とカイゼルの二人だけとなる。

「セシリア、さきほどのことなど虫に刺《さ》されたと思って忘れた方がいいですよ」

「で、でも……」

　そう言われてもまだ、鮮明にヴェルヘルムの唇の感触《かんしょく》が頬に残ってしまっているのだ。

　するとカイゼルの手によって上を向かせられた。

「カイゼル？」

　カイゼルの様子を不思議に思っていると、突然顔を傾けヴェルヘルムと同じところにキスをされたのだ。

「なっ⁉」

　目を見開いて再び固まっていると、カイゼルはにっこりと微笑んだ。

「消毒です」

「消毒って……」

私はキスをされた頬を手で押さえながらカイゼルを見つめ、心臓が激しく脈打っていることを感じる。

「これでヴェルヘルム皇のことは忘れられましたよね?」

確かにヴェルヘルムのキスの感触は頭からすっ飛んでいったが、代わりにカイゼルの感触が頭から離れなくなってしまったのだ。

するとその時、まるで刺すような鋭い視線を感じた。慌てて辺りを見回すと、遠くの柱の陰に一瞬《いっしゅん》だが濃《こ》い紫色《むらさきいろ》の髪《かみ》が見えたような気がする。だがすぐに見えなくなった。

「セシリア、どうかされたのですか?」

「……いいえ。気のせいだったようです」

不思議そうに問いかけてきたカイゼルに、首を横に振って答える。

私はもう一度同じ場所に視線を向けるが、やはりそこには誰《だれ》もいなかった。だけどなぜかわからないが、嫌な予感がしていたのだった。

五　悪役令嬢だけどヒロイン？

次の日の朝、それは突然《とつぜん》起こった。

「セシリア様、そろそろ起き……きゃぁぁ！」

侍女頭《じじょがしら》であるダリアの悲鳴に、寝《ね》ていた私は目を覚ましベッドから飛び起きた。

「どうし……なっ!?」

そして目の前の光景に絶句したのだ。

なぜなら私の寝ていたベッドの上に、ネズミやらトカゲやらの死骸《しがい》が大量に乗っていたから。

「な、何これ……」

呆然《ぼうぜん》としながらも、そのネズミの死骸に恐《おそ》る恐《おそ》る手を伸《の》ばす。

「い、いけません！　セシリア様!!」

悲鳴にも近い制止の声が聞こえたが、ダリアは明らかに身がすくみその場から動けなくなっているのが私の目からもわかる。だからこれは、私が自分で確認《かくにん》しなければと思い立ち、そのネズミの尻尾《しっぽ》を指先で軽く摘《つ》まんでみた。

「………ん？　あれ？　これってもしかして……」

そう呟《つぶや》き、今度はしっかりとネズミの体を掴《つか》む。

「ひっ！　セ、セシリア様!!」

「……これ、ゴムの玩具《おもちゃ》よ」

「……え？」

「うん、このトカゲも同じね」

持っていたネズミの体を潰《つぶ》すように掴み、さらにトカゲの体も同じように触《さわ》ってみたのだが、完全に中は空洞《くうどう》で手触《てざわ》りもゴムの感触《かんしょく》だったのだ。

ダリアはゆっくり私に近づくと、震《ふる》える手でネズミの玩具を受け取った。

「……本当ですね」

「多分、子ども用のビックリ玩具だと思う」

「そういえば……私の甥《おい》が、このような玩具を持っていたのを思い出しました」

「そうなんだ。ん～それにしても、寝る前にはこのようなものなかったはずだけど……」

「私もセシリア様がおやすみになられる前に、しっかりと確認しております。しかしこのようなものが隠《かく》されていた様子はありませんでした」

「では……私が寝ている間に誰《だれ》かが？」

「っ！　今すぐ衛兵《えいへい》に知らせてまいります！」

ダリアは青い顔で慌《あわ》てて部屋から出ていこうとしたので、腕《うで》を掴み引き止めた。

「ちょっと待って」

「セシリア様、なぜお止めになるのですか⁉」

「お願い。今回の件、ここだけの秘密にして欲《ほ》しいの」

「え？　どうしてでしょうか？」

「少し私に思うところがあるから」

「ですが！」

「お願い！」

私は腕を掴んだまま、真剣《しんけん》な眼差《まなざ》しを向ける。するとダリアはそんな私をじっと見つめ、小さなため息をつくと頷《うなず》いてくれた。

「わかりました。セシリア様がそこまでおっしゃるのでしたら、そのようにいたします」

「ありがとう！」

「では、他の者に見つかる前に、これらを片づけますね」

「お願いね」

そうして私はベッドから離《はな》れ、手早く片づけられていく様子を見ながらじっと考え事をしていた。

（こんなことをしそうな人って……やっぱり、アンジェリカ姫《ひめ》だろうね。でもどうして私に？）

思ってもいない展開に戸惑《とまど》っていたのだ。

あの寝室《しんしつ》での嫌《いや》がらせを皮切りに、私の身の回りで様々なことが起こるようになった。

「セ、セシリア様！　大変です！　今日の舞踏会《ぶとうかい》で着られるご予定でした新しいドレスが……ボロボロにされております！」

そう言ってダリアが、無惨《むざん》にも切り刻まれたドレスを私に見せてきた。

「……残念だけどそれは、使える部分を切り外して別の用途《ようと》で使用して。今日のドレスは、あの黄色いドレスで構わないから」

「え？　あれは以前に着られておりますが？」

「着たと言っても数カ月前だよ。それにまだ、一回しか着ていないから」

「し、しかし……」

「それならその切られたドレスのレースを外して、あの黄色いドレスの裾《すそ》や袖《そで》のレース部分につけ加えられる？」

「それぐらいでしたらすぐにできますが……」

「ならお願い。レースをアレンジするだけで、印象ががらりと変わるから」

「……畏《かしこ》まりました」

「それからダリア……これも内密にお願ね」

「……本当によろしいのですか？」

「ええ、構わないから」

戸惑っているダリアに、私はにっこりと微笑《ほほえ》んでみせたのだ。

　さらに別の日には私が使用していた髪飾《かみかざ》りが紛失《ふんしつ》し、それをカイゼルが発見して私の部屋まで届けに来てくれた。

「カイゼル、ありがとうございます」

「いえ、礼には及びませんよ。ですがどうしてこれが中庭の池に落ちていたのでしょう？　たまたま水草に引っかかっていたからよかったものの、もし池の中に落ちていたら見つかりませんでしたよ？」

「そこにあったのですね」

「思い当たる節《ふし》があるのですか？」

「え、ええ。確か……数日前にその髪飾りをつけて中庭を散歩していたことがあったのですが、その時に落としたのだと思われます」

「……落ちていたのは池の真ん中辺りでしたよ？　たまたま太陽の光に反射していたので

気づくことができましたが、それがなければ見落としていました」

カイゼルは、怪訝《けげん》な表情で私を見てきた。

「あ～多分鳥が咥《くわ》えてそこに落としたのかもしれません。むしろそんな場所にあったのに、どうやって取れたのですか？」

動揺《どうよう》を悟《さと》られないように話を逸《そ》らす。

「あそこは見た目よりも浅いですからね」

「もしかして、カイゼル自《みずか》ら池に入って取ってくださったのですか⁉」

私の問いかけに、カイゼルは当たり前のような表情で笑みを浮かべた。

「セシリアのためなら、池に入ることぐらいどうってことないですよ」

「……ありがとうございます」

汚れることも顧《かえり》みず拾ってくれたことに、申し訳ない気持ちと同時に嬉しさがこみ上げ渡された髪飾りを愛《いと》おしそうに撫《な》でた。

「セシリア……何か私に相談したいこととかないのですか？」

「え？」

「最近考え事をしているのをよく見かけますので。もし困っていることがあるようでしたら、私が必ず助けますよ」

「カイゼル……大丈夫です。特に何も困ってはいませんので」

「……そうですか」

「心配してくださりありがとうございます」

カイゼルに向かってにっこりと微笑んでみせたのだった。

そうしてカイゼルを見送ったあと一人考え込む。

（さすがにこれはおかしい……もしかしたら嫌がらせは一回だけかもと様子を見ていたけど、収まる気配がしないんだよね。ただすごいのは、ゲーム補正なのかアンジェリカ姫が嫌がらせをしているところを誰も見ていないということ。確かにゲームでも、最後になるまではニーナ以外誰もセシリアの嫌がらせに気づいていなかった、または何も言ってこなかったんだよね。まあそれは置いておいて。やっぱりこの状況《じょうきょう》から考えると、私がヒロインポジションになってしまっているってこと？　いやまさかね。だってそれなら、私の相手は誰とみなされて嫌がらせを受けているの？　新キャラのヴェルヘルム？　ん～わからない）

そんなことを考え始めていた翌日、すぐに私は相手が誰かを知ることになった。

「セシリア」

中庭にある東屋《あずまや》で一人休憩《きゅうけい》をしていると、そこにカイゼルがやってきた。その途端《とたん》、カイゼルの唇《くちびる》の感触が思い出され、私は慌てて頭を振《ふ》って追い出した。

「セシリア、どうかしましたか？」

「い、いいえ、なんでもありません。それよりも私に何か用事でも？」

「いや、特に用事があったわけではないのですが、セシリアの姿を見かけましたので会いに来ました」

「そうですか……」

「もしよろしければ、私もここで寛《くつろ》いでもいいですか？」

「え？……べつに構いませんが」

「ではお言葉に甘《あま》えて……」

そう言ってカイゼルが私の隣《となり》に座ろうとしたその時——。

「カイゼル王子〜」

「っアンジェリカ姫⁉」

突然やってきたアンジェリカ姫がカイゼルの腕に抱《だ》きついてきた。その登場に、私もカイゼルも驚《おどろ》きの表情でアンジェリカ姫を見る。

しかしアンジェリカ姫は、とても十六歳《さい》とは思えないほどの色気を醸《かも》し出《だ》してカイゼルに話しかけた。

「こんなところにいらっしゃったのね。探しましたわ。さあ、これからわたくしのお部屋でお茶でもしましょう？」

「ですが私はここでセシリアと寛ごうかと……」

「あら寛ぐなら、わたくしのお部屋でなされればいいですわ。貴女《あなた》はここで一人でもいいですわよね？　だってカイゼル王子は、わたくしのお相手をしてくださる方なのですから」

途中から私に向かって言ってきた。その言葉に私は何も言えなくなる。

「セシリア……」

「さあさあ、カイゼル王子行きましょう」

さすがに賓客《ひんかく》であるアンジェリカ姫を無下に扱《あつか》うわけにはいかないカイゼルは、そのままアンジェリカ姫によって城内に連れていかれてしまった。

しかしそれは一回だけでは終わらなかった。

カイゼルと会うとその都度どこからともなくアンジェリカ姫が現れ、カイゼルとの会話を邪魔《じゃま》したあと、連れていってしまうようになったのだ。

アンジェリカ姫の妨害《ぼうがい》と嫌がらせの数々にストレスが溜まり、とうとう夜になっても眠《ねむ》ることができなくなってしまった。

「……ちょっと中庭でも散歩してこようかな」

私は部屋から抜《ぬ》け出《だ》し、誰もいない中庭の庭園までやってきた。

「相変わらずここの花々は見事ね～」

夜でも咲《さ》く色とりどりの花を見て感嘆《かんたん》のため息をつく。そのまま私は庭園の中を歩き回っていた。だが綺麗《きれい》な花を見ていても全く気持ちが晴れることがない。

(最近、まともにカイゼルと話せていないな……)

今まで当たり前のように一緒《いっしょ》にいたカイゼルが側《そば》にいないことで、なぜか心にぽっかりと穴が空いたような感覚になる。

「なんでだろう?」

戸惑い自分の胸に手を当てて首を傾《かし》げていたその時――。

「そこにいるのはセシリアですか?」

「っ!」

振り向いた先にカイゼルが立っていたのだ。

突然の登場に驚き私の心臓が大きく跳《は》ねる。

「セシリア大丈夫ですか!?」

「だ、大丈夫です」

「ですがとても辛そうですよ? とりあえずあそこのベンチに座って休んでください」

そうしてカイゼルに促《うなが》されるまま、庭園に設置されていたベンチに腰《こし》かけると隣にカイゼルも座った。

「本当に大丈夫ですか? あまり苦しいようでしたら医師を呼んできますが?」

心配そうな顔で私の手を握《にぎ》りながら背中をさすってくれる。するとカイゼルの手の感触が心地よく次第に落ち着いてきた。

「もう大丈夫です。心配してくださりありがとうございます」

「そうですか？　でも無理しないでくださいね」

「はい」

「それにしてもセシリア、このような時間に一人でどうしたのです？　いくら城内の庭園とはいえ女性が一人、夜出歩くのは危ないですよ」

「ごめんなさい。ちょっと眠れなかったので気分転換《てんかん》にここに来てしまいました。ですがカイゼルの方こそどうしてこちらに？」

「実は私も眠れなくて……」

「そうなのですか。ではしばらくここでお話でもしていきますか？」

「それはいい……」

最後まで言う前にカイゼルは慌てて周りを見回す。私もその意味がわかり、同じように周りを見回した。

「こちらにはいないみたいですね。カイゼルの方はどうでしょう？」

「こちらもいません」

とりあえずアンジェリカ姫は現れないようだとわかり、私達は同時に息を吐いた。

「アンジェリカ姫のお相手は大変そうですね」

「まあこれも王族としての務めだと思っていますので。ただ少し行きすぎている感はしていますけどね」

「私がお相手できればよかったのですが……」

「いいえ、きっとセシリアも振り回されていたことでしょう。だからこれでよかったのです」

「カイゼル……」

でも違《ちが》う意味で振り回されている状況なのは言わないことにした。おそらくあの嫌がらせはアンジェリカ姫からだと思われるが、証拠《しょうこ》は全くないからだ。そのような状況でカイゼルに言っても、余計な心配を増やすだけだと思った。

「実は……セシリアのためにいろいろとヴェルヘルム皇の身辺を探《さぐ》っているのですが、なかなか思うような情報が入手できていないのが現状です。どうもあちら側には情報封鎖《ふうさ》に長《た》けた者がいるようです」

「どうしてそのようなことを？」

「セシリアに約束しましたよね？　同盟の条件については私がなんとかすると」

「そうでしたか……ありがとうございます。一応私の方でも説得しようと何度かヴェルヘルムにお話をしているのですが、全く聞き入れてもらえず……」

「あのヴェルヘルム皇のことです。簡単には変えないでしょうね」

　私達は揃《そろ》ってため息をついた。

「あの～そろそろ手を離して……あれ？　カイゼル、手に擦《す》り傷《きず》が」

　まだ握られたままだったことに気がつきカイゼルの手に視線を向けると、そこにはいくつかの小さな擦り傷ができていたのだ。

「ああこれですか、ちょっと水草で切ってしまっただけですよ」

「水草？　何か育てているのですか？」

「いえ、池に生えていたものです」

「池に？　……あ！　もしかして、私の髪飾りを拾ってくださった時にですか⁉　ごめんなさい。その怪我《けが》は私が原因ですよね……」

「いえ、セシリアが気に病《や》むことはありませんよ。怪我も大したことありませんし、すぐに治りますので。それにこれは、セシリアの髪飾りを無事に見つけることができた証《あかし》ですから」

　カイゼルは優《やさ》しく微笑んできた。

「カイゼル……」

　私はカイゼルの手をじっと見つめると、労《いた》わるように撫でた。

（改めて思ったけど、カイゼルの手って意外としっかりしているんだね。それに当たり前

だけど私の手よりも大きい。あ、剣だこもある！　きっと私の知らないところで努力をしているんだろうな～）

まじまじと観察していたその時、突然カイゼルが私の手を強く握ってきたのだ。驚いて顔を上げると、カイゼルが熱を帯びた目で私を見ていた。その途端、再び心臓が大きく跳ねる。

「セシリア、愛しています。絶対ヴェルヘルム皇に貴女を渡しません」

そしてそっと私の唇をその長い指で触《ふ》れてきた。その瞬間《しゅんかん》、初めてカイゼルに告白されキスをされた時のことを思い出し、一気に顔が熱くなる。

（そうだった！　カイゼルに私のファーストキスを奪われたんだった！）

鮮明《せんめい》にカイゼルの唇の感触がよみがえり、激しく動揺する。

「セシリア……キス、してもいいですか？」

「っ！　だ、駄目《だめ》に決まっています！」

私はそう叫《さけ》ぶと、カイゼルから離れ急いで立ち上がる。きっと私の顔はとても真っ赤になっていることだろう。

カイゼルは残念そうな顔で私を見ているが、まだその目には熱がこもっていた。

「も、もう眠くなってきましたのでお部屋に戻《もど》ります」

「……では部屋までお送りしますよ」

「い、いえ。結構です！　おやすみなさい！」

なんだかこれ以上カイゼルと一緒にいたらおかしくなりそうな気がしたため、私は急いでその場から立ち去った。

とりあえずカイゼルのことは一旦《いったん》考えないように自分に言い聞かせ、気は進まないが今日は私の役割であるヴェルヘルムの相手をしに滞在《たいざい》している部屋にやってきた。だが珍《めずら》しく扉《とびら》が少し開いたままになっていることに気がつく。それを不思議に思いながらも、扉からそっと中を覗《のぞ》き見た。するとそこには真剣な表情で机に向かっているヴェルヘルムと、傍《かたわ》らでたくさんの書類を胸に抱いて立っているノエルの姿が見えたのだ。

（あらら、これはどうも忙《いそが》しそうだね。ん～ここは邪魔するわけにはいかないし、また日を改めて出直すか）

そう思いゆっくりと踵《きびす》を返し、その場を離れようと一歩足を踏《ふ》み出した。その私の背に向かって声がかけられたのだ。

「どこに行くつもりだ、セシリア」

「え？」

恐る恐る振り返ると、部屋の中から私を見ているヴェルヘルムと目が合った。

「もう一度言う。どこに行くつもりだ？　俺に用があって来たのではないのか？」

「あ～えっと……お相手役としてヴェルヘルムをお誘《さそ》いし、城内の散策をしようかと思って来たのですが……お忙しそうですので今日はやめておき……」

「そうか、せっかくの誘いだ。受けることにしよう」

「え!?　ですがお忙しそうですし！」

ヴェルヘルムが持っていた書類をノエルに手渡《てわた》し立ち上がったので、私は慌ててノエルを見た。しかしノエルは、私の方を見てにっこりと微笑んだ。

「セシリア様、ご心配は無用ですよ。今いただいた分でちょうど終わりましたので」

「そ、そうなのですか？　でも、見落としがあるかもしれないですし……」

「大丈夫です。今回は完璧《かんぺき》にできております」

「そういうことだ。ではセシリア、行こうか」

ノエルと話しているうちに扉を開け近くに来ていたヴェルヘルムに腰を取られ、強制的に歩かされてしまった。そんなヴェルヘルムの行動に動揺しながらもノエルの方を見ると、笑顔《えがお》で手を振り見送られる。

「はぁ～わかりました。では行きましょう。ですが腰に手を回すのはやめていただけませんか？」

「どうしてだ？」

「歩きづらいからです！　それに……周りの目もありますし、正直恥《は》ずかしいです」

「ふん、他の者のことなど気にするな。どうせそのうち、もっと大勢の前でもこのように歩くことになるのだからな」

「え？　それはどういう……」

「皇妃《こうひ》となり、俺の隣を歩くことになるからだ」

「……できれば一生こないで欲しいです」

「くく、そう言っていられるのも今のうちだと思うがな」

「……」

もうこれ以上この話をしたくなかった私は敢《あ》えて何も言わず、散策に専念することにした。

ヴェルヘルムと共に城内をあちこち歩いて回っていると、廊下《ろうか》の向こうから見知った顔がこちらに向かって歩いてきていることに気がつく。

「あ！　セシリア姉様だ！」

嬉《うれ》しそうに私の名前を呼び手を振って駆け寄ってきたレオン王子だったが、数歩先でピタリと足を止め表情を曇《くも》らせると私達のことをじっと見てきた。

「ねえセシリア姉様……どうしてそんなにくっついているの？」

「いや、私も好きでくっついているのでは……」

「じゃあ、離れても問題ないよね？　ねえねえ、ヴェルヘルム皇、セシリア姉様が嫌がっているし離れてくれないかな？」

「いくらレオン王子の頼《たの》みでも聞けないな」

「む〜離れてよ！」

「ちょっ、レオン王子落ち着いてください！」

レオン王子は目を据《す》わらせ、私の腰に回っているヴェルヘルムの手を外そうと手を伸ばしてきた。そんなレオン王子を慌てて止めようとしたが、全く聞いてもらえない。

（いやいやレオン王子。相手は隣国《りんごく》の皇帝《こうてい》だよ!?　さすがにレオン王子でも、場合によっては非常にまずい状況になるから！）

私は背中に冷《ひ》や汗《あせ》をかきながらもなんとか落ち着かせようと必死になるが、微動《びどう》だにしないヴェルヘルムの手にどんどんと苛立《いらだ》ってきているのがわかった。

その両者一歩も引かない態度に頭が痛くなってきたその時、レオン王子の胸元《むなもと》からレッド・ベリルのネックレスがこぼれ出てきたのだ。

「ん？　それはレッド・ベリルではないか？」

「え？　どうしてヴェルヘルム皇がこれを知っているの？」

「それは俺の国でしか採れない希少な鉱石だからな。知っていて当然だ」

「ええ!?　これランドリック帝国《ていこく》で採れるの？　僕、鉱石を扱っているいろんな商人に聞いてみたけど、結局どこで採れるかまで教えてくれなかったんだよ」

さきほどまでの険しい表情を一変させ、キラキラした表情でヴェルヘルムを見る。

そんな豹変《ひょうへん》したレオン王子の様子に、さすがのヴェルヘルムも困惑《こんわく》しているようだ。

「えっと、レオン王子はとても鉱石が大好きな方なのです」

「そのようだな」

「ねえねえ、ヴェルヘルム皇。僕の持っている鉱石コレクションで、出所がわからないものがいくつかあるんだけど……もしかしてわかったりする？」

「まあある程度は。これでも鉱物が財源の国だからな」

「わぁ～！　それならこれから僕の部屋に来て欲しいんだけど駄目かな？」

そう言ってレオン王子が、ヴェルヘルムを窺《うかが》い見てお願いしてきたのだ。その様子に、私は苦笑いを浮かべながらヴェルヘルムに声をかけた。

「城内の散策はまた今度に改めてさせていただきますので、今はレオン王子の部屋に行ってあげてください」

「セシリアがそう言うのであれば」

「やった！　あ、もちろんセシリア姉様も一緒に来てね！」

「え？　私も、ですか？」

レオン王子の誘いに一瞬《いっしゅん》顔を硬直《こうちょく》させたが、期待に満ちた眼差しで見つめてくるので私は頷いてあげた。

（大丈夫、大丈夫。今回は私一人だけではないから。もう監禁《かんきん》されることなんてないはず！）

そう自分に言い聞かせ、ヴェルヘルムと共にレオン王子の部屋に向かうのだった。


部屋に到着《とうちゃく》した私達を、レオン王子はさらに奥《おく》の部屋へと案内した。正直このままここで、鉱石を運《はこ》び込《こ》んで話すとばかり思っていたので内心激しく動揺する。

「こっちの部屋に専用の部屋があるから、ついてきてね」

レオン王子はそう言いながら楽しそうに寝室に繋《つな》がる扉を開け、私達を中に促した。しかしその先にある部屋が頭をよぎり、足取りがどんどんと重くなる。

「セシリア、どうかしたのか？」

「い、いえ。なんでもありません」

「だが、なんだか顔色が悪いように見えるが？　もしや体調がすぐれないのか？」

「気のせいですよ！　ほら私は元気一杯《いっぱい》です！」

笑顔をヴェルヘルムに向け、元気だというアピールで小さくガッツポーズをしてみせた。

「ん？　二人ともどうかしたの？」

「なんでもありませんよ」

「そう？　あ、ここだよ」

やはり私が監禁されていた部屋の扉を開き、三人で地下まで下りることになったのだ。

「ほ〜これはなかなかすごい量だな」

ヴェルヘルムは部屋の中を見回し感嘆の声をあげたのだが、私もその部屋の中を見て驚きに目を瞠《みは》った。

「明らかに前と違う……」

ヴェルヘルムが離れたのを見計らって、レオン王子が私に近づき小声で話しかけてくる。

「あの後すぐにここ工事してもらって、完全な保管部屋に作り替えたんだ」

「確かに……あの奥にあった水回りの部屋がなくなっていますし、ベッドとかの家具も一切なくなっていますね」

「うん。もちろんあの鉄格子《てつごうし》も撤去《てっきょ》したよ」

「それは……本当によかったです」

「実はセシリア姉様にはもう一度ここを見せて、ちゃんと謝《あやま》りたかったんだ。……あの時は本当にごめんなさい」

「わかってくださったのならそれでいいです」

レオン王子の気持ちが伝わり、自然と強張《こわば》っていた体がほぐれふわりと微笑んだ。

「っ…………やっぱりセシリア姉様、大好きだよ。お願いだから僕を選んで」

「レ、レオン王子……」

真剣な表情で見つめてくるレオン王子に戸惑っていると、私達の間にヴェルヘルムが割って入ってきた。

「俺の目の前で愛の告白か。いい度胸だ」

「……ヴェルヘルム皇」

「もう鉱石のことはいいんだな？　ならば俺とセシリアは、これで失礼するが？」

「うっ！　…………お願い、します」

ヴェルヘルムを睨《にら》んでいたレオン王子だったが、大好きな鉱石の話には勝てず、それから数時間、皆《みな》で鉱石談義に花を咲かせたのだった。


現在ヴェルヘルムは、国王達と同盟の件で会議をしている。どうやら私の知らない間にも何度か協議を重ねていたらしい。だけど同盟条件に関しては、お互《たが》い一歩も譲らず平行線が続いているとお父様から聞いた。

（国王、お父様、頑張《がんば》って！）

そう思いながら城内を歩いていると、偶然《ぐうぜん》アルフェルド皇子が女性を口説いている現場を見てしまった。

（……私を好きだと言ってくれたけど、やっぱり女好きの本性は変えることはできないみたいね）

そのことに呆《あき》れつつ、視線を外そうとしてふとあることに気がつく。

（あれ？　あの侍女って……ああそうか。ヴェルヘルムが連れてきた侍女だ）

ヴェルヘルムといた時に何度か見かけたのを思い出す。

（ということは、ヴェルヘルムの侍女まで口説いているの？　いや、それは駄目でしょう）

滞在している身で賓客の侍女を狙《ねら》うのはさすがに問題があると考え、侍女と話をしているアルフェルド皇子に近づいていく。すると二人の会話が私の耳に届いてきた。

「その可愛《かわい》らしい唇で聞かせて欲しい」

「っ」

アルフェルド皇子は侍女の顎《あご》を持ち上げると、妖艶《ようえん》な微笑みを浮かべる。その途端、侍女の顔はあっという間に赤らんだ。

「ヴェルヘルム皇には、何か苦手なものや知られて困ることとかないのかい？」

「そ、それは……」

（……なぜそこでヴェルヘルムの名前が？　口説き文句としてはちょっと変じゃない？）

そんなことを思っていると、私の視線に気がついたアルフェルド皇子がこちらを見た。そして目を見開いて驚く。

「セシリア！」

「こんにちは。それにしても、相変わらずアルフェルド皇子は女性がお好きなようですね」

呆れた表情を浮かべながら侍女をちらりと見る。するとアルフェルド皇子は慌てて手を離しバツの悪そうな表情を浮かべ、侍女は私達に頭をさげると急いで去っていった。

アルフェルド皇子はそんな侍女を目で見送ってから、困ったような表情で私に近づく。

「セシリア、これは違うのだよ」

「どう違われるのでしょう？　今まさに口説かれているところを見たばかりですが？」

「口説いていたわけでは……ん？　もしかして妬《や》いてくれているのかい？」

パッと嬉しそうな顔になる。

「いいえ」

私はキッパリと言い切った。

「残念……もう少し私に期待を持たせて欲しいのだけどね」

「こういうことはハッキリと言った方がいいと思いましたので。それよりもアルフェルド皇子、さきほどの女性を口説いていないとおっしゃるのでしたら、一体何をされていたのですか？　どうも会話にヴェルヘルムの名前が出ていたようですが」

「……聞こえていたか」

「何かよくないことを企《たくら》んでいませんよね？」

さすがにアルフェルド皇子はそんなことまではしないとは思うが、それでも確認せずにはいられなかった。もし本当にしているようだったら、友人として止めるつもりだからだ。

私の真剣な眼差しを受け、アルフェルド皇子は小さくため息をつくと苦笑いを浮かべた。

「実はセシリアのために、侍女からヴェルヘルム皇の情報を聞き出そうとしていたのだよ」

「え？　私のためですか？」

「そうだよ。私も今回の同盟条件には反対だからね。ださすがに他国の皇子である私は口を挟《はさ》むことができないからね。だったら私なりのやり方でヴェルヘルム皇を探ることにしたのだよ。どうやらカイゼルも別の方向から探りを入れているようだし」

「それでヴェルヘルムの侍女を誘惑《ゆうわく》していたのですね」

「それが私の得意分野だから。ただ……どうもヴェルヘルム皇は侍女達の前では隙《すき》を見せないようで、どの侍女に聞いてもこれといって情報は得られていないのが現状なのだよ」

「カイゼルも同じようなことを言っていました」

「まあもう少し探りを入れてみるよ」

しかし私は首を横に振る。

「さすがにこれ以上は、アルフェルド皇子の立場が悪くなりますのでおやめください」

「私のことはいい。貴女が大事だから」

「アルフェルド皇子……」

「愛するセシリアを救いたいと思っているのは、きっと我々皆同じ気持ちだよ」

そう言ってアルフェルド皇子は、愛《いと》しそうに私に微笑んできた。だがすぐにアルフェルド皇子の表情が真面目なものに変わる。

「セシリア……もう何もかも捨てて私と一緒に逃げないか？」

「え？」

「私が貴女をどんなものからも守ってみせるから」

「……確かにそうできればどんなにか楽でしょうね。でも……ここで逃げたら一生後悔《こうかい》すると思います。私は全てを残された方に押しつける、なんて無責任なことはしたくありません。それに何より、皆さんと会えなくなってしまうのは嫌ですから」

「……そうか。まあ実を言うと、セシリアはそう答えると思っていたけどね」

「アルフェルド皇子……」

「さて、名残惜《なごりお》しいけどそろそろ失礼しよう」

「あ、はい。でも……やはり無茶なことはしないでくださいね。貴方も私にとって大事な友人なのですから」

「わかっているよ」

妖艶な笑みを浮かべて去っていくアルフェルド皇子を見送っていると、突然後ろから声をかけられた。

「セシリア」

「っヴェルヘルム!?」

まさかいるとは思っていなかったので驚きの声をあげる。しかしヴェルヘルムはじっと前を見据えていた。

「あれはアルフェルド皇子か？」

「え？　ああそうです」

どうやらアルフェルド皇子を見ていたのだとわかり頷く。するとヴェルヘルムは険しい表情で私のことを見てきた。

（も、もしかしてアルフェルド皇子が探りを入れていたことがバレたとか!?　だったらなんとか誤魔化《ごまか》さないと！）

そう思っていると、ヴェルヘルムが真剣な顔で話しかけてきた。

「セシリア、あのアルフェルド皇子には気をつけるように」

「え？」

「あの男……いつかお前のことを攫《さら》うかもしれん」

「……」

（どうやらバレてはいないようだけど……）

「いくら気心の知れた相手だろうが油断だけはするな」

「……ハイ。キヲツケマス」

私の返事に満足し離れていくヴェルヘルムの背中を見つめながら、私はなんとも言えない表情を浮かべる。

（ご忠告、すごく嬉しいんだけど……ごめんなさい。もうすでに一度、アルフェルド皇子に攫われているんだよね！）

そんなことを心の中で叫んでいたのであった。

ヴェルヘルムと別れてから複雑な気持ちのまま廊下を歩いていると、向こうからノエルが書類を持ち一人で歩いてくるのが見えた。

「あら、ノエル」

「これはセシリア様、このような場所でお会いできるとは光栄です」

そう言ってノエルは一度頭をさげ、にっこりと笑ってきた。

「お仕事ですか？」

「ええ、さきほど出来上がった書類を、本国に送る手配をしに行くところです」

「そうなのですか。お忙しいところを呼び止めてしまったようですね。すみません」

「いえいえ、そこまで急ぎではありませんので大丈夫ですよ。それよりも、セシリア様には改めてお礼を言いたいと思っていたところでしたので、お会いできてよかったです」

「お礼、ですか？　ん〜私、お礼されるようなことなどしていませんよ？」

全く思い当たる節がなく、キョトンとした顔を向ける。するとそんな私を見て、ノエルはクスっと笑ったのだ。

「そのような部分が、陛下の心を射止めたのでしょうね」

「？」

「ふふ、そうそうお礼の件でしたね。この前セシリア様が見つけてくださった、数字の間違っていた書類のことですよ。あの時は本当に助かりました」

「ああ、あの時のことですか。ですがやっぱりそんなに改まってお礼を言われるほど、大層なことはしていませんよ」

「いえ、とても助かりました。実はあのまま気づかず書類を通していたら、財務に大きな打撃《だげき》を受けるところでしたので」

「そうだったのですか」

「ですから、本当に感謝をしているのです」

「役に立てたようでよかったです」

「さすが陛下が妃《きさき》にと望まれた方ですね！」

「そのことなのですが、ノエルからもヴェルヘルムに諦《あきら》めるように言ってくれませんか？」

「嫌です」

私のお願いを、ノエルは間髪《かんはつ》入れずに笑顔のまま断った。

「どうしてです？　ヴェルヘルムの妃には、私などよりもっと相応《ふさわ》しい方がおられると思いますよ」

「セシリア様は十分、陛下に相応しい方です」

「そのようなことは……」

「何より……陛下自ら望まれましたので」

「それはたまたま条件が合っただけですから！」

するとと突然、ノエルが表情をなくした。

「そもそも陛下は、皇帝となられた時からご自身を押《お》し殺《ころ》してきたのです。国の平定を優先とし、時としては冷酷《れいこく》な判断をくだしておりました。さらに皇妃になりたいと手段を選ばず近づいてくる女性も多く、そのせいでアンジェリカ様以外の女性を軽視されるようになられたのです。ですがセシリア様と出会われてから、陛下は昔のように感情を表に出されるようになりました」

「それは……よかったと言っていいことなのでしょうか？」

「もちろんです！　政務にばかり没頭《ぼっとう》し、ご自身の幸せなど考えようとなさらなかった陛

下が、ようやく自ら望まれる方と出会われたのですから。陛下が幼い頃《ころ》よりお仕えしてきた私にとって、これほど嬉しいことはございません！」

珍しく感情をあらわにしているノエルに、私は驚いていた。

そんな私を見てノエルはハッとし、一つ咳払《せきばら》いをしてから冷静な口調に戻る。

「失礼いたしました。ただこれだけはわかっていて欲しいのです。陛下がセシリア様を選ばれましたのは、けして政略のためでも、ましてや世継《よつ》ぎのためでもないということを」

「……」

そうは言われても、私としてはどう答えていいのかわからない。

「ああ、困らせるつもりはなかったのですけどね。そうそう実を言いますと、私がセシリア様を陛下の滞在期間中のお相手にと強くお勧《すす》めしたのです」

「え？　どうしてそのようなことを？」

「それはもちろん陛下のためですよ。ある筋からの情報で、セシリア様の人柄《ひとがら》と多くの人を惹《ひ》きつける魅力《みりょく》を持った方だと知り、この方であれば陛下の心を解《ほぐ》してくださると思ったからです。そしてそれは見事に的中しました」

ノエルがとてもいい笑顔を浮かべたのを見て、私は何も言えなくなった。

「さて、そろそろこの書類を持っていかないといけませんので、これで失礼いたします」

「あ、はい。お邪魔をしてしまい、ごめんなさい」

私は慌てて道を開けノエルを通すが、数歩歩いたところでピタリと立ち止まり振り返った。

「一つ言い忘れておりました。本来の陛下は、欲しいものは絶対手に入れないと気が済まない性格ですので、覚悟《かくご》しておいてくださいね」

「なっ!!」

唖然《あぜん》とする私を見て、ノエルはにっこりと笑みを浮かべる。

「では今度こそ失礼いたします」

私に一礼すると、そのまま行ってしまった。その後ろ姿を見ながら、私はただただ呆然《ぼうぜん》とするしかないのであった。

部屋に戻った私は椅子《いす》に座りながら物思いにふけっていた。

（ん～ＤＬＣ《ダウンロードコンテンツ》はニーナとヴェルヘルムの恋愛《れんあい》ルートじゃなかったの？　それなのに、あの出会いから全く二人の関係が進んでいるように見えないんだけど。城内で二人が会っても挨拶《あいさつ》を交《か》わす程度だし……むしろノエルの話では、私への好感度の方が上がっているみたい。……なぜ？）

首をひねり難しい顔を浮かべていたのだった。

六　ＤＬＣイベント？

どれだけ考えても、ヴェルヘルムが私を気に入った理由がわからなかった。

（まあわからないものはわからないのだから仕方ない。とりあえずニーナのことを考えよう。そもそも今はＤＬＣ《ダウンロードコンテンツ》の期間中、きっと二人の仲はこれから深まるはずだから、私はその手伝いをすることにしよう！）

そう決意し、まずはニーナとヴェルヘルムを積極的《せっきょくてき》に会わせてみようと考えたのだ。

そんな時、タイミングよくベイゼルム王国の食材を使った食事会が催されることとなった。

（確か趣旨《しゅし》は、ヴェルヘルムにこの国で生産された食材を食べてもらって、どれを輸入リストに入れるか検討《けんとう》してもらうんだよね。……よし、このイベントを上手《うま》く利用してみよう！）

さっそく私はニーナの部屋に向かった。

「セシリア様、どうぞ入ってください」

「では失礼します」

ニーナに促《うなが》されるまま部屋の中に入り、向かい合うように椅子《いす》に座る。するとニーナ付きの侍女《じじょ》が、私達の前に紅茶の入ったカップを置いてくれた。

「ありがとうございます」

ニーナはお礼を言って微笑《ほほえ》むと、侍女もにっこりと笑みを浮かべたのだ。

(うん。ニーナと侍女との関係は良好みたいでよかった)

いくら『天空の乙女《おとめ》』という特別な巫女《みこ》であってもニーナは平民の出、それをよく思わない貴族が一部いることは知っている。さらに城勤《しろづと》めの侍女や侍従《じじゅう》は、階級は低いが貴族の者が多い。もしかしたらよくない扱《あつか》いを受けているのではと心配していたのだ。

(ゲームでは、特に侍女のことは触《ふ》れられていなかったからな〜)

だけどそんな心配は杞憂《きゆう》だったことがわかりホッとする。

「ニーナ様、お茶請《ちゃう》けにさきほどニーナ様が作られたマドレーヌをお出ししてもよろしいでしょうか？」

「あれをですか？　さすがにセシリア様に食べていただくのは……」

「ニーナの手作りですか!?」

私が食い気味に声をかけると、ニーナは恥《は》ずかしそうにしながら小さく頷《うなず》いた。

「うわぁ〜、私それ食べたいです！」

「ですが貴族の方が食べられているような高級なものではなく、ごく普通《ふつう》のシンプルなマドレーヌですよ？　セシリア様のお口に合うかどうか……」

「それは食べてから判断しますよ。ねえ、そのマドレーヌ持ってきてくださいな」

侍女に向かってそう言うと、侍女はちらりとニーナの方を見た。

「……わかりました。ではご用意お願いします」

「畏《かしこ》まりました」

侍女は嬉《うれ》しそうな顔で頷き一旦《いったん》奥に引っ込むと、すぐに皿に盛られたマドレーヌを持ってきてくれた。それを私達の前に置く。

「美味《おい》しそうです！」

綺麗《きれい》なキツネ色の表面と、ふんわりと香る甘《あま》い匂いに食欲がそそられる。

「いただきます！」

私はさっそく手を伸ばし、一つ摑《つか》んで口に運ぶ。

「うわぁ〜美味しいです！　バターの風味とほどよい甘さがちょうどよくて、これはいくらでも食べられそうですね！」

ぺろりと一個食べきると、すぐ次に手を伸《の》ばす。そんな私の様子をニーナははにかみながら見ていたのだ。

そうしてあっという間にマドレーヌを食べきった私は、紅茶を飲んで一息つく。

「ごちそうさまでした」

「どういたしまして」

「それにしてもニーナ、とてもお菓子作りが上手ですね」

「いえ、そんなことは……」

「自信を持っていいですよ！　これなら今度の食事会に出しても大丈夫そうですね」

「え？」

「食事会でニーナの手作りお菓子を出しましょうよ」

「わ、私のお菓子を、ですか⁉」

「ええ。きっと喜ばれますよ」

驚《おどろ》いているニーナににっこりと笑ってみせる。

（前世で読んでいた『悠久《ゆうきゅう》の時を貴女《あなた》と共に』の設定資料集には、ニーナは料理上手で特にお菓子の腕前《うでまえ》はお店に並べられるレベルだと書かれていたんだよね～。実はその情報を見てから、ニーナのお菓子を食べてみたいとずっと思っていたんだ。それが今日叶《かな》ってすごく嬉しい！　これならヴェルヘルムの胃袋《いぶくろ》をがっちりと捕《つか》まえられるよね！）

きっとニーナの手作りお菓子を食べれば、ヴェルヘルムもニーナに興味を持ち恋へと発展していくのだろうと考えたのだ。

「ですがセシリア様、当日は王宮料理人の方々が腕によりをかけて料理を作られるとお聞きしています。そんな中に私などのお菓子を置かせていただくのはさすがに失礼かと……」

「そうとは限りませんよ。料理人が作られる豪華で素晴《すば》らしい料理もいいですが、ニーナの作られる家庭的でどこか懐《なつ》かしさを感じさせるお菓子もまた、素材をシンプルに感じられますので食事会の趣旨に合っています」

「そうかもしれませんが……」

「まあ本音を言いますと、私が食べたいだけなのですけどね」

（確かに目的はヴェルヘルムに食べさせることではあるけど、同時にニーナの美味しいお菓子をたくさん食べたいという下心もあるんだ～）

照れ笑いを浮かべていると、ニーナがクスっと笑った。

「わかりました。セシリア様のために作らせていただきますね」

「ありがとうございます！　お父様にはちゃんと私から許可を取っておきますので安心してお菓子を作ってください」

「はい。……あ、そうです！　せっかくですし、セシリア様も何か作っていただけませんか？　私、セシリア様の手料理食べてみたいです」

「え？　私の、料理、ですか？」

「無理ですか？」

「うっ」

懇願《こんがん》するように見つめられ、私は言葉を詰《つ》まらす。

「で、できますけど……ただあまり凝《こ》ったものは作れませんから」

「それでも構いません。うわぁ～当日が楽しみです！」

期待に胸を躍《おど》らせているニーナを見ながら、内心大きなため息をついたのだった。

ニーナの部屋を辞《じ》してからその足でお父様のもとまで向かい、ニーナのお菓子と私の料理を当日並べてもらえる許可を得る。さすがにお父様も私が料理を作ることには驚いたが、すぐに顔を緩《ゆる》ませ娘の手料理が食べられるとわくわくされてしまった。

そうして部屋に戻った私は頭を抱《かか》え一人で唸《うな》る。

（私、前世で一人暮らしをしていたから時々は料理をしていたけど……正直得意じゃないんだよぉぉぉぉぉ！　そもそもセシリアに転生してからは一度も料理を作っていないし。まあ知識はあるから、おそらく作ることはできると思うけど……どうなるかは私もわからないからね！）

半分やけくそ気味になりながら、何を作るか夜遅くまで必死に考えていたのだった。


食事会当日の朝、朝食を終えた私は重い足取りで私とニーナ用に特別に用意された調理場に向かう。すると私の前に見慣れた背中を発見した。

「ビクトル」

「姫、おはようございます」

「おはようございます」

私の声に振《ふ》り返り嬉しそうに挨拶《あいさつ》をしてきたビクトルに、私も笑みを浮かべて返した。

「姫はこれからどこかに向かわれるのですか？」

「調理場です」

「ああそういえば今日の食事会で、姫とニーナ様も料理を出されるとお聞きしていました。その調理をしにいらっしゃるのですね」

「ええそうです」

「しかし残念です。私は会場の警備をしなければいけないため、姫の料理を口にすることができないのです」

明らかに気分が落ち込んでしまったビクトルを見てどうしようかと思っていた私は、ある考えが浮《う》かびビクトルの手を摑み歩きだす。

「ひ、姫⁉」

「さすがに私のは無理でも、ニーナのお菓子でしたら今なら食べられると思いますよ」

「いえ、私が食べたいのは姫のだけで……ってどこに向かわれるのですか？」

「ですから調理場に」

「それがなぜ私の手を引くことに？」

「一緒《いっしょ》に調理場まで行きましょう」

「え!?」

戸惑《とまど》いの声を上げているビクトルを無視して、そのまま調理場まで向かったのだ。

調理場の扉を開けると、甘くとてもいい匂いが漂《ただよ》ってきた。その瞬間、朝食を食べたばかりなのに私のお腹《なか》が空腹を訴《うった》えてくる。

(甘いものは別腹と言うけど、ここまで主張してくる私のお腹って……)

もしかしたらお腹が鳴るのではと錯覚《さっかく》までしていたのだ。

ちらりと調理台を見ると様々な種類のお菓子が並んでいる。その近くでニーナが楽しそうに泡《あわ》だて器で何かを混ぜていた。

「ニーナ」

「あ、セシリア様！　あら、ビクトルさんもご一緒なのですね」

私を見て嬉しそうに笑ったあと、私の後ろに立っているビクトルを不思議そうに見た。

「姫に誘《さそ》われまして……」

「そうでしたか」

ビクトルの様子を見て何かを察《さっ》したニーナは、苦笑いを浮かべながら作業の手を止めて私達を迎《むか》えてくれた。

「それにしてもニーナ、ずいぶんとたくさん作られたのですね。一体いつから作業をされていたのですか？」

「実は今日のことで緊張《きんちょう》していたため、日が昇る前に起きて作り始めていました」

「そんなに早くから⁉　体は大丈夫なのですか？」

「大丈夫です。もともと村にいた頃は毎日畑作業をするため朝早く起きていましたし、お菓子作りは趣味ですから全然苦になっていません」

「そうですか……でも少しは休んでくださいね」

「心配してくださりありがとうございます。あ、セシリア様、よかったら試食されますか？」

「します！」

「ふふ、どうぞ好きな物を食べてください」

「ではいただきますね！」

私はさっそく一口サイズのアップルパイを手に取り、口の中に入れた。

「うん！　甘酸《あまず》っぱいアップルフィリングとサクサクのパイ生地が絶妙《ぜつみょう》ですね！」

あまりの美味しさに、頬《ほお》を支えながら顔を緩ませる。そんな私をニーナは嬉しそうに見ていた。

「お口に合ってよかったです。よろしければビクトルさんもどうですか？」

「いや、私は……」

「ビクトル、遠慮《えんりょ》する必要ないですよ。ニーナのお菓子を食べてもらうために連れてきたのですから」

「しかし……」

困った表情のビクトルを見て、なんだか無性に食べさせたい気持ちが湧《わ》く。すぐに私はにこにこと笑みを浮かべながらアップルパイを手に取り、ビクトルの口元に持っていった。

「なっ⁉」

「ほら、美味しいですよ～」

動揺しているビクトルの様子にだんだんと楽しくなり、一歩下がったビクトルを追うように私も一歩前に進む。

「ひ、姫」

「ふふ、諦《あきら》めない限りこのままずっと続けますよ？」

「っ‼　……わ、わかりました。一つだけですよ」

観念したビクトルは顔をほんのり赤らめながら口を開け、私の持っていたアップルパイを一口で食べた。

「……美味しいです」

口元を手で隠し目を逸《そ》らして照れているビクトルに、顔のにやけが止まらない。

「そうでしょう？　なんだったら別のも食べてみます？」

こんなビクトルは普段《ふだん》あまり見れないので、まだまだ見たいと思ってしまったのだ。

「さきほど、一つだけだと言いました」

「いいからいいから。どれにします？」

「……できればこういうことは、姫と二人だけの時にしたかった」

「え？」

「このお菓子のように、甘く幸せな時間を過ごせたでしょうから」

「っ！」

熱い眼差《まなざ》しで言われ、今度は私の方が顔が熱くなり動揺《どうよう》する。そんな私の様子にビクトルは苦笑いを浮かべると一歩下がって胸に手を当て一礼する。

「お忙《いそが》しいところをお邪魔《じゃま》してしまい申し訳ありません。ニーナ様、お菓子美味しかったです。では私はこれで失礼させていただきます」

「あ、はい。無理に連れてきてしまってごめんなさいね」

「いえ、姫の誘いならどんなことでも嬉しいですよ」

優《やさ》しく微笑み、ビクトルは退出していったのだ。

「セシリア様……」

「えっと、調理の邪魔をしてしまってごめんなさいね。さあ私も下準備を始めますか」

気持ちを切り替え、事前に用意してもらっていた材料を取りに隣の保管庫に足を向けたのだった。

夜になり食事会が始まる。

この食事会は立食形式となっており、長いテーブルの上に並べられた料理の数々をヴェルヘルムやアンジェリカ姫《ひめ》、さらに主だった王侯貴族に食べてもらう。

私は広間に用意された様々な料理に目を輝《かがや》かせた。

(うわぁ〜今回は料理がメインだから、いつも以上に手が込んでいるものが多いな〜。どれも美味しそう！)

期待に胸を躍らせていると、隣《となり》にいるカイゼルがくすりと笑った。

「相変わらずセシリアは、見ていて楽しいですね」

「そうですか？」

「そうですよ。さあ私達も食べに……」

「カイゼル王子、ここにいらしたのね」

私の手を取り歩き出そうとしたカイゼルに、アンジェリカ姫が声をかけた。

「アンジェリカ姫……」

「カイゼル王子はわたくしのお相手をしてくださるのでしょう？　さあ行きましょう」

アンジェリカ姫は、無理やりカイゼルを私から引き離し連れていこうとする。そんな時、ヴェルヘルムが私達に近づいてきた。

「アンジェリカ、ここにくる時に説明しただろう。これは大事な食事会だから、今日は俺と一緒にいるようにと。お前の感想も聞きたいからな」

「ああ、そうでしたわね。でもカイゼル王子がご一緒でも問題ありませんでしょう？」

「まあそれでもいい。すまないがカイゼル王子、付き合ってやってくれ。ああもちろんセシリアもだ」

「そもそも拒否権はないのでしょ？　まあヴェルヘルムに紹介したい食べ物もありますし、ご一緒いたしますよ」

「私もセシリアが一緒ですので、お付き合いいたします」

そのまま不機嫌《ふきげん》そうな顔のアンジェリカ姫と共に、四人で料理を食べ歩くことになった。

そうしていくつかの料理を食べ終えた頃《ころ》、私はニーナのお菓子が置かれている場所にヴェルヘルムを案内したのだ。

「これは……」

豪華な他の料理とは違いシンプルながらも美しい形に仕上がっているお菓子の数々を、

ヴェルヘルムは興味津々《きょうみしんしん》の目で見つめる。

「これはニーナが作ったものです」

「ニーナというのは、あの『天空の乙女』のニーナか？」

「そうです。あ、ちょうどよかった。ニーナ、こっちに来てください」

ニーナの姿を見つけ手招きして呼び寄せる。そしてニーナにお菓子の説明をしてもらった。

「ほ～この橙色《だいだいいろ》のお菓子はニンジンが練り込まれているのか」

「はい。今年のニンジンのできがよく、甘くて美味しいのでお菓子に使いました。きっとニンジン嫌《ぎら》いの方でも食べられるかと思われます」

「だ、そうだ、アンジェリカ」

ヴェルヘルムの言い方が気になりアンジェリカ姫の方に視線を向けると、嫌《いや》そうに顔をしかめながらニンジン入りのパウンドケーキを見つめていた。

(あ～ニンジンが嫌いな人がここにいた)

ニーナもそれに気がついたようで、苦笑しながらも取り皿にパウンドケーキ二つ乗せてアンジェリカ姫に手渡そうとした。しかしアンジェリカ姫はツンと顔を反らして一向に受け取る様子がない。するとその皿をヴェルヘルムが代わりに受け取り、迷うことなくパウンドケーキを口に入れたのだ。

「ほ〜これは美味《うま》いな」

「あ、ありがとうございます」

感心した様子でニーナを見つめるヴェルヘルムに、ニーナは嬉し恥ずかしそうにお礼を言った。

（お、いい感じ！）

そう思っていたのだが、すぐにヴェルヘルムはアンジェリカ姫に視線を移してしまった。

「アンジェリカ、お前も食べなさい」

「お兄様！　わたくしニンジンが嫌いなのを知っていますでしょう？　それなのに食べろとおっしゃるの？」

「いいから食べてみろ」

「嫌ですわ」

「アンジェリカ」

「うっ、わ、わかりましたわ」

ヴェルヘルムに強く名前を呼ばれ、渋々《しぶしぶ》ながらアンジェリカがパウンドケーキを手に取る。そしてじっと見つめてから、意を決したように一口食べたのだ。

「……え？　これ本当にニンジンを使っていますの？」

「はい。三本分のニンジンをすりおろして練り込んでいます」

「信じられませんわ。わたくしの知っているニンジンは、土臭くとても食べられるようなものではありませんでしたもの」

「それはランドリック産のニンジンだからだ。しかし土壌《どじょう》の違いでここまで変わるのか……アンジェリカ、気に入ったようだな」

ヴェルヘルムの言葉にアンジェリカ姫を見ると、すっかり皿の上にあったパウンドケーキがなくなっていた。

「の、残すのがもったいないと思っただけですわ」

「ふっ、そうか。このニンジンは輸入リストに入れることとしよう。それにしてもニーナはお菓子作りが上手いのだな。俺はもともとあまり甘いものは好きではないのだが、この甘さなら食べられる。気に入った」

（よし！　ニーナへの好感度が上がっているみたいだね！）

二人の様子に心の中でガッツポーズ取っていた。

するとその時、少し離れたテーブルに人だかりができ騒《さわ》いでいることに気がつく。

「なんでしょう？」

「何かあったのかもしれませんね。見てきます」

「あ、私もいきます」

その人だかりに向かっていったカイゼルを追いかけると、当たり前のようにヴェルヘルム達もついてきたのだ。

「一体何があったのです？」

カイゼルがそう声をかけると、貴族の男性が一人振り向き奇妙なものでも見たかのような表情でテーブルの上を指差した。私は覗《のぞ》き込《こ》むように体を伸ばし確認すると、そのまま硬直《こうちょく》してしまう。

（あれのせいでこの人だかりって……）

テーブルの上に置かれた料理を見て、とても複雑な心境になる。なぜならそれは私が作った料理だったから。

（まあ料理と言うには微妙なものだけど……）

それというのも私が作ったのはおにぎりだったからだ。何を作るか散々悩み、結局無難に作れるという理由でおにぎりにした。

（いくらおにぎりがこの国では珍《めずら》しいからって、あそこまで奇妙な目で見なくても……まあ、理由はなんとなく想像できるけど）

おそらくあの見た目のせいだと。一応三角おにぎりをイメージして握《にぎ》ったのだが、なぜか上手くまとまらずどれも不格好な形に仕上がってしまった。ちなみに海苔《のり》は輸入品となってしまうので今回は巻いていない。正直おにぎりぐらいならと余裕でいたのだが、出来上がりは想像と全く違うものになってしまったのだ。

（……私、前世の時から料理をすると、なぜか見た目が悪くなってしまうんだよね～）

前世で作った料理の数々を思い出し頬が引きつる。

「あのような料理は初めて見ますね。誰《だれ》が作ったのでしょう？」

「あ～はい」

私は覚悟《かくご》を決め、恐《おそ》る恐《おそ》る手を上げた。するとカイゼル達が驚いた目で私を見てきたのだ。

「セシリアが作られたのですか⁉　確かにハインツ公から、セシリアも今回料理を作られるとお聞きしていましたが……」

カイゼルはもう一度おにぎりらしきものに視線を向ける。そして同時に、私が作ったと知った貴族達がバツが悪そうな顔でそそくさと逃げ去っていった。そんな貴族達を気にも留《と》めず、カイゼルは大量のおにぎりが乗った皿に近づく。

「これがセシリアの手料理……」

そう呟《つぶや》くとなんの躊躇《ちゆうちよ》もなくおにぎりを皿に取り、一口食べたのだ。

「美味しいです！」

「本当ですか？　無理に褒《ほ》めてくださらなくていいですからね」

「いえ、本当に美味しいですよ。米の周りに振られた塩加減もちょうどよく、中に入っているサーモンの塩焼きも香ばしくて美味しさを引き立てています」

「ほ～俺も食べてみるか」

「私もいただきます！」

カイゼルの言葉を聞き、ヴェルヘルムとニーナもおにぎりを一口食べた。

「これはなかなか。見た目は確かにアレだか味は抜群《ばつぐん》だな」

「セシリア様、美味しいです！　今度レシピを教えてください」

どうやら不味《まず》いわけではないようでホッと胸を撫《な》で下《お》ろす。するとそこにシスラン達が集まってきた。

「なんか噂《うわさ》でセシリアの料理がすごいと聞いたんだが……これか？」

「ええそうよ」

「確かにすごい見た目だが………なんだ美味しいじゃないか」

驚いた表情でシスランが、おにぎりを食べながら私を見てくる。

「うわぁ～セシリア姉様、料理上手だね！　すごく美味しいよ！」

米粒《こめつぶ》を頬につけながらレオン王子が笑みを浮かべる。

「セシリアにこんな才能があったとはね。今度私のためだけに料理を作って欲《ほ》しいな」

口元をナフキンで拭《ふ》きながら、アルフェルド皇子が妖艶《ようえん》に微笑む。

「皆さん……ありがとうございます」

私の料理をここまで褒めてもらえて嬉しくなる。しかしその時、すぐ近くでぼとっと何かが落ちた音が聞こえた。慌てて振り向くと、アンジェリカ姫の足元におにぎりが落ちて潰《つぶ》れていたのだ。

「あ〜ら、ごめんなさい。こんな不格好《ぶかっこう》なものだから、てっきりゴミだと思って捨ててしまいましたわ」

まるで馬鹿《ばか》にするかのような目で、床に落ちているおにぎりを見ていた。どうやら皆が私のおにぎりを褒めてくれたことが気に入らなかったようだ。

途端《とたん》に私の周りから不穏《ふおん》な気配が漂う。どうやらカイゼル達の怒《いか》りゲージが上がっているようだ。さらには遠くの方からも刺《さ》すような視線を感じそちらを見ると、ビクトルが鋭《するど》い眼差しをアンジェリカ姫に向けていた。そしてヴェルヘルムも今回ばかりは目を据《す》わらせている。

（やられた当の本人よりも怒ってどうするの。でも……さすがにこれは駄目《だめ》でしょう）

そう思うと、一歩前に進み出てアンジェリカ姫を見据えた。

「な、なんですの？」

「アンジェリカ姫、食べ物を粗末《そまつ》にしてはいけません！　生きている者にとって食べ物は、必要不可欠の大切なものなのですよ。さらにこれらの食材は、生産者が丹精《たんせい》込《こ》めて作られているのですから。それをわざと捨てるなど……絶対にしてはいけないことです！」

「わ、わたくしは悪くありませんわ！　ふん、気分が悪くなりました。わたくし部屋に戻ることにいたしますわ」

そう言うとアンジェリカ姫は、悪びれた様子もなく不機嫌そうな顔で広間から出ていってしまったのだ。

(さすがに我儘《わがまま》も考えものかと……)

ちらりとヴェルヘルムを見ると、額《ひたい》を押さえて小さくため息をついていた。

アンジェリカ姫が去ったあとの食事会は、私がそこまで怒《おこ》っていなかったこととヴェルヘルムの謝罪でなんとかことは収まったのだ。

次の日私は、天気もいいので一人中庭を歩いていた。するとその時、突風が吹《ふ》いた。

「あ!」

乱れる髪を押さえていた私の耳にそんな声が聞こえ顔を上げると、城の渡《わた》り廊下《ろうか》にアンジェリカ姫の姿を発見する。そのアンジェリカ姫は困った顔でどこかを見ていた。私はその視線を追って見てみると、木の枝に白いハンカチが引っかかっているのが見えたのだ。

(もしかして今の風で飛ばされたのかな?)

もう一度アンジェリカ姫の方を見ると、向こうも私の存在に気がついたようでふんと顔を反らして去っていってしまった。

「……ハンカチいいのかな？」

すっかり風は落ち着いているので、あの木の枝からハンカチが飛ぶことはないようだけど、さきほど見た困った表情のアンジェリカ姫の顔が頭に浮かぶ。

「う〜ん、とりあえずまた風が吹いてどこかに飛んでいっても困るだろうし、取ってあげるかな」

私は木に近づき、キョロキョロと周りを見回して誰もいないのを確認する。

「よし！　転生してからは初だけど、前世では木登りが得意だったんだよね。だからこれぐらい登れる登れる」

そう意気込むと、手と足を使って木に登り始めたのだ。

そうして目的の木の枝まで到着すると、慎重に手を伸ばしハンカチを掴む。その時――。

「そこで何をしているのです!!」

突然呼びかけられ驚いて下を見ると、カイゼルが唖然《あぜん》とした表情で見上げていたのだ。

「カイゼル、いつからそこに……ってきゃぁぁ！」

「セシリア!!」

動揺した私は手を滑《すべ》らせ、落下してしまったのだ。しかし地面に激突する前にカイゼルが両手を広げて私を受け止めてくれた。

「セシリア、大丈夫ですか!?」

「は、はい。大丈夫です。助けてくださりありがとうございます」

「なぜあんなことを？　いえそれよりも今は貴女をお部屋に連れていきましょう。こんなに体が震えていますから」

どうやら落ちた恐怖で体が震《ふる》えてしまっているようだ。そのまま私はカイゼルにお姫様抱《だ》っこの体勢で部屋まで連れていかれてしまった。そして部屋につくとカイゼルは、侍女をさがらせ私から事情を聞いたのだ。

「……そういうことですか。そのハンカチはあとで侍女にでも頼んで届けさせましょう」

カイゼルは小さなため息をつく。しかしその吐息がとても近くに感じられ落ち着かない。なぜなら今私はカイゼルの膝《ひざ》の上に座《すわ》らされ、しっかりと腰《こし》を抱かれているからだ。どうやら震える私を落ち着かせようとしての行動のようだが、もうとっくに震えは収まっている。だけど一向に下ろしてくれる気配がなかった。

「カイゼルあの……そろそろ下ろしていただけませんか？」

「駄目です」

「どうしてです？」

「これは貴女が、一人で危ないことをされていた戒《いまし》めですから」

「え？」

「セシリア、どうして私を呼んでくれなかったのですか？　それができなかったのでしたら、せめて他の者を呼ぶなりして取るよう頼《たの》めばよかったのです」

「それは……」

「まあ貴女のことですから、自分でなんとかできると思ったのでしょうが……まだ婚約《こんやく》解消が公表されていない以上、私はセシリアの婚約者なのですよ？　私を頼《たよ》って欲しかった」

「……ごめんなさい」

真剣な表情を向けてくるカイゼルに、肩《かた》を落として謝った。

「お願いですセシリア、私の目の届かないところで危ないことはしないで欲しい。今回はたまたま間に合いましたが、次も間に合うとは限らないのですから」

「……わかりました。なるべく心配かけないようにいたします」

「なるべくではなく、必ずです」

私の言葉を聞き、カイゼルは苦笑いを浮かべる。

するとその時、シスランが部屋に入ってきた。

「セシリア、お前が前探していた本を見つけ……って、なんでそんな状態でいるんだ⁉」

シスランは私達の姿を見るや、すぐに険しい表情で近づいてきた。

「カイゼル王子、なぜセシリアを膝の上に座らせている」

「私達は婚約者同士なのですよ？　特に不思議なことではないと思いますが？」

「婚約者同士って、婚約解消をまだ公表していないだけだろう！」

「ええ、その通りまだ公表しておりません。ですから今現在は婚約中なのです」

「くっ、だが！」

「そもそもシスラン……取り決めたルールでは、お互《たが》いのアプローチを邪魔し合わないはずでは？」

「確かにそうだが……セシリア、カイゼル王子に言い寄られていたのか？」

「え？　言い寄られて？　……お小言を言われていただけですが？」

急に話を振られて驚いたが、さきほどまでの内容を考えてそう答えた。

「やはりな。ならこれはアプローチの邪魔じゃない」

そう言うなり、シスランは私の腕を取って立ち上がらせた。しかしその反対の手をカイゼルが掴み引き止める。

結局そのまま両方から掴まれている体勢で動けなくなり、二人は私を挟《はさ》んで睨《にら》み合《あ》ってしまう。

（……ああ、なんだかとても懐かしい状況だ〜）

昔を思い出し、顔を引きつらせながら私はしばらく現実逃避《とうひ》をしていたのだった。

城内を歩いていたら、ヴェルヘルムとばったり出くわした。

「セシリア、これからどこかに行くのか？」

「いえ、自室に戻るところですが……」

「そうか、ならばこれから約束してあった城内の散策の続きを頼みたいのだが？」

「あ〜そんな約束していましたね……わかりました。特に今は用事もありませんのでいいですよ」

「ならば行こうか」

「……はい」

（はぁ〜なんであんな約束しちゃったかな……あ、そうだ！　今日ってニーナどこにいるのかな？　できれば散策ついでにヴェルヘルムと会わせたいんだけど。そうしたら私は静かに身を引いて、二人きりにしてあげられるのにな〜）

もしかしたらゲームの力でニーナとヴェルヘルムのイベントが起こるかもと、小さな期待を胸に抱《いだ》きながら散策に出かけることにしたのだ。

心地《ここち》よい風を肌《はだ》に感じながら城の二階部分にある外に面した廊下を歩いていると、遠くの方から大勢のかけ声が聞こえてきた。

「あの声は？」

そう言ってヴェルヘルムは不思議そうな顔をしたので、私は手すりに近づきその方角を覗き見た。

「ああ、あそこですね」

「そこには何があるのだ？」

「騎士団《きしだん》の訓練所です。だから時々こうして、かけ声が聞こえてくるのですよ」

「なるほど……ではこのまま、あの訓練所を案内してもらおうか」

「え？」

「まだ騎士団関連の場所には行ってなかったからな。せっかくだセシリアが案内してくれ」

「う〜ん、他国の方を案内していいのかわからないのですが……」

「まあ行ってみればわかることだ。もし駄目なら、すぐに引き返すから安心しろ」

「……わかりました」

そうして多少強引ではあったが、ヴェルヘルムと共に私達は騎士団の訓練所に向かった。

訓練所は城に隣接《りんせつ》しており、さらに近くには騎士団の寄宿舎も建っている。私はその寄宿舎を眺めながら、訓練所に向かって歩いていく。

（へ〜ここってこんなふうになっているんだ〜。一応ビクトルから話は聞いていたし、いつでも見学に来ていいとは言われていたけど……結局行けてなかったんだよね）

そんなことを考えているうちに、ようやく訓練所に到着した。

そこには想像していたよりも多くの騎士達が綺麗に整列し、一心不乱に練習用の剣《けん》を振りながら声を出していた。

（うわぁぁぁ！　今思い出した！　確かビクトルのスチルに描《えが》かれていた背景に、こんな感じの絵があった！）

脳裏《のうり》に浮かんだゲーム画面と、目の前に広がる光景が一致《いっち》して私は心の中で興奮していた。その時、騎士達と向かい合うような位置で立ち、鋭い視線で指導しているビクトルの姿を発見する。

（いや〜ゲームで見るより、生で見る団長モードのビクトルってやっぱりいいね！　こんなことなら、ニーナの恋《こい》の邪魔にならないようにと遠慮せず、こっそりと見にくればよかったな〜）

そう思いながら、ビクトルをじっと眺《なが》めていた。

「……面白くないな」

「え？」

なんだか不機嫌そうな声で呟いたことに驚いていると、ヴェルヘルムは無表情のままスタスタとビクトルの方に近づいていってしまう。

するとビクトルがヴェルヘルムに気がつき、険しい表情でこちらを見てきた。

「ヴェルヘルム皇帝陛下、なぜ貴殿《きでん》がここに……ああ姫、来てくださったのですね」

ヴェルヘルムの姿を見て一瞬《いっしゅん》眉間《みけん》に皺《しわ》を寄せたが、私に気がつくと顔を緩め嬉しそうに駆《か》け寄ってこようとした。しかしビクトルは途中でピタリと立ち止まり、ゴホンと咳払《せきばら》いをすると、再び団長の顔に戻《もど》って騎士達の方に振り返る。

「テオ、ダグラス。続きはお前達に任す」

「「はっ」」

よく見たら訓練している騎士達の間をテオとダグラスが歩いていた。

(確かあの二人って、中隊長に昇格《しょうかく》したんだよね。それに今はもう、昔ほどひどい喧嘩《けんか》はしなくなったとビクトルが言っていたな～)

あの決闘《けっとう》騒ぎを思い出し感慨《かんがい》深《ぶか》くなる。

その二人だが、なんだか笑いを堪《こら》えたような顔をしていた。さらに他の騎士達も同じような顔をしている。中には我慢できずににやけた顔の者も。そんな騎士達の様子にビクトルは気がついているようだが、敢《あ》えて無視し顔を強張《こわば》らせながら私達の方に向かって歩いてきた。

「ビクトル……突然来てごめんなさい。訓練の邪魔になっていませんか？」

「いえ、とんでもございません。姫が来てくださるのなら、いつでも歓迎《かんげい》いたします」

「それならいいのですけど……」

　騎士達の方を見ると、剣を振りながらもチラチラとこちらを見ていた。

　途端ビクトルは騎士達の方に素早《すばや》く振り返り、背中に黒いオーラを漂わせながら恐ろしい表情で睨みつける。その瞬間、騎士達から小さな悲鳴があがり、顔を青ざめてさきほどよりも早い速度で素振《すぶ》りを始めたのだ。

「部下達が大変失礼いたしました。それで……本日はヴェルヘルム皇帝陛下とご一緒に見学に来てくださったのですね」

　ビクトルはそう言いながら、ヴェルヘルムに鋭い視線を送った。そしてヴェルヘルムも、無表情でじっとビクトルを見る。

　そんな二人の様子に戸惑いながらも、私はビクトルに確認した。

「ヴェルヘルムがこちらを見たいとおっしゃったので、ご案内したのですが……いけなかったでしょうか？　もし駄目でしたらすぐに戻ります」

「いえ、見られて困るものはございませんので大丈夫です。しかし……私としては、姫お一人で来ていただけた方が嬉しかった」

「あ、ごめんなさい！　また今度、時間がある時に見に来ますね！」

「はい。是非《ぜひ》ともお待ちしております」

寂《さび》しそうな表情をしたビクトルを見て慌てて約束すると、すぐに嬉しそうな顔になった。

「まあ、俺は一人で行かせるつもりはないがな」

「……ヴェルヘルム皇帝陛下のご意見は、お聞きしておりませんので」

「ちょっ、ビクトル⁉」

ヴェルヘルムに対してのビクトルの言い方に私は驚く。しかしヴェルヘルムの方は全く気にせず、むしろふっと笑ったのだ。

「皇帝である俺にその物言いか。いい度胸だ」

「べつに私は、ヴェルヘルム皇帝陛下にどう思われようと気になりません」

「そうか。ふっ、セシリアのことがなければ、俺の国にスカウトしたいほどなのだがな」

「それはとても光栄なことですが、ご辞退させていただきます」

「そうだろうな。まあ俺も、セシリアの側《そば》にずっとお前がいることになるのは気に入らん」

「私は一生姫のお側におります」

「一生、か」

キッパリと言い切ったビクトルを見て、嘲笑《あざわら》うかのような表情をヴェルヘルムはした。

「それは無理な願いだな。セシリアは俺の国に来て俺の妃《きさき》となる。そしてお前は俺の国にはこられない。その時点で、その願いは叶《かな》わないことが確定している。だから諦めろ」

「いいえ、私の姫に対する想《おも》いは、そんなものでは止めることはできませんので」

「ふっ、口だけならなんとでも言えるが現実は変わらんぞ」

「くっ」

なぜか険悪な雰囲気《ふんいき》になってしまう二人を見ながら私はオロオロしていた。

「二人共落ち着いてください！」

「私は至って冷静です」

「俺も落ち着いている」

「いやいや、どう見ても平静じゃないですから！」

なんとかこの場を収めようと間に割って入るが、どちらも引いてくれる様子がなかった。

その時、別の方からさらに話をややこしくする声が届いてきた。

「団長！　負けないでください！」

「そうだそうだ！　セシリア様にはビクトル団長の方が相応《ふさわ》しい！」

「剣の腕だって、ビクトル団長の方が上に決まっている！」

そんなヤジが、テオやダグラスを含《ふく》めた騎士達から飛んできたのだ。

（こらぁぁ！　あんた達、煽《あお》るんじゃない!!）

完全に訓練を中断して集まり、こちらに向かって声をあげている騎士達を見て心の中で叫んだのだ。するとビクトルとヴェルヘルムが、お互いを見ながら同時に口角を上げた。

「どうだろう騎士団長殿《どの》、是非とも手合わせ願おうか」

「ええ、喜んでお受けいたします」

そのまま二人は、騎士達が訓練していた場所に向かって歩きだしてしまったのだ。

「ちょっ、ちょっと待ってください！　お二方共、一体何をなさるおつもりなのですか⁉」

「今申し上げた通り、ヴェルヘルム皇帝陛下とお手合わせをさせていただきます」

「そういうことだ。だからセシリア、少しそこで待っていろ。すぐに終わらせてくる」

「それは私のセリフです」

「ふっ、それはどうだろうな」

二人は鋭い眼光で見合った。

「いやいや、そんな勝手に手合わせなどしてもいいのですか⁉　隣国《りんごく》の、それも皇帝陛下がお相手ですよ？　お怪我《けが》でもさせたらさすがに国際問題になるかと……」

「いや、それはないだろう。そもそもこれは決闘ではなく手合わせだからな。何より俺自ら望んだことだ。何かあっても、俺が全責任を負うから安心しろ。そうだろう？　ノエル」

ヴェルヘルムが肩で留めてあったマントを外し後ろに放り投げると、そのマントを受け取りにっこりと微笑んでいるノエルがそこに立っていたのだ。

「はい、その通りです。それに私も見届け人となりますので、どうぞご安心ください」

「ええ⁉　ノエル、一体いつの間にそこにいたの⁉」

「ふふ、いつからでしょうね」

驚きの声をあげながら問いかけたが、笑みを崩《くず》さないノエルに話をはぐらかされてしまった。

（相変わらずノエルは摑み所のない人だ……）

そんなことを思っているうちにビクトルとヴェルヘルムは、それぞれ練習用の刃《は》の部分が潰してある剣を受け取ってしまう。そんな二人を見て、どうやらもう止めることはできないようだと諦めた。

しかしその時――。

「何をしているのです！」

その声に驚き振り返ると、そこには険しい表情のカイゼルが立っていたのだ。

「カイゼル!?」

「セシリア、これは一体なんの騒ぎですか？　城の中にまで聞こえてきたので様子を見に来たのですが……」

剣を持って立つ二人を見る。

「ビクトル、説明を」

「……はっ、今からヴェルヘルム皇帝陛下とお手合わせをさせていただくことになりました」

「ヴェルヘルム皇と？　本当のことですか？」

カイゼルはヴェルヘルムに向かって問いかける。

「ああそうだ。この国の騎士団長殿の実力を知りたくてな。俺から申し込んだ」

「……」

ヴェルヘルムの答えにカイゼルは黙《だま》り込む。するとちらりとカイゼルが私を見た。

（ん？　私の顔に何かついているのかな？）

なぜか私の、特に頬をじっと見つめてくるので不思議に思っていると、再びカイゼルはヴェルヘルム達に向き直った。

「この手合わせを認めることはできませんね」

「そうか？　特に問題はないと思うが」

「いえ、他国の皇に我《わ》が国《くに》の軍事を担《にな》う騎士団長の実力をお見せするわけにはいきませんので。そういうことですのでビクトル、今回は引きなさい」

「……わかりました」

ビクトルは渋々ながら頷き、こちらに戻ってくる。

「つまらんな。せっかくやる気になっていたのだが」

「それでしたら、代わりに私がお相手いたしましょう」

「え？　カイゼル何を言い出すのですか!?」

カイゼルの発言に、私はもちろんビクトルや騎士達も驚く。だがヴェルヘルムは面白そうに笑った。

「ほ～カイゼル王子自らが相手になってくれるのか。面白い」

「やはり皇のお相手をするなら、王太子の私だと思いましたので。それに……セシリアの頬のことはまだ許していませんから。貴方とはどこかでお手合わせいただきたいと思っていたのです」

「ふっ、そうか。ではお相手願おう」

「ちょっ、カイゼル、やめてください！　危ないです」

私は慌ててカイゼルを止めようと腕を摑むが、にっこりと微笑まれ手を外されてしまった。

「セシリア、貴女のために戦います。ちゃんと見ていてくださいね」

「カイゼル……」

不安そうな私を残し、カイゼルはビクトルから剣を受け取るとヴェルヘルムのもとに向かってしまう。

「……お二方共、どうか怪我だけはなさらないようにしてくださいね」

「できる限り努力しますよ」

「まあ、なるべく覚えておく」

絶対しないとは約束しない二人を見て、私は小さくため息をつくと、邪魔にならない位置まで移動した。そうして二人は向かい合うように立ち、お互い剣を構える。その二人の間にビクトルが立ち、カイゼルとヴェルヘルムに視線を送った。

「双方《そうほう》正々堂々とお願いいたします。では、始め！」

ビクトルが声高々に宣言し上げていた右手を振り下ろすと、すぐにその場を離れた。それと同時にカイゼルとヴェルヘルムが、間合いを詰めるように駆け出す。

次の瞬間、金属同士がぶつかり合う音が辺りに響《ひび》き渡《わた》った。そして激しい鍔迫《つばぜ》り合《あ》いをしながらお互い顔を見合わせ鋭い視線を交わすと、揃《そろ》って後ろに飛《と》び退《の》いた。

「やはり簡単にはいきませんね」

「それは俺も同意見だ」

二人はそう言ってニヤリと笑い合ったのだ。

(……あの一瞬だけで、お互いの実力をわかり合ったような顔していいるな～)

なんだか楽しそうにしている二人を見て呆《あき》れていると、カイゼルが腰を下げ一気に駆け出した。そのままあっという間にヴェルヘルムの懐《ふところ》に入り込み、脇《わき》に向かって剣を打ちつけようとした。しかしヴェルヘルムもその動きに素早く反応し、自分の剣で受け止め流すように剣先を変えさせる。さらに無駄《むだ》のない動きでカイゼルの後ろに回り込むと、その背中に向かって剣を振り下ろしたのだ。だがカイゼルは剣を頭上に持ち上げ、ヴェルヘルムの剣を背中で受け止める。

そんな二人の姿を見て、騎士達から歓声《かんせい》があがる。

「なかなかやりますね」

「カイゼル王子こそ」

そう言葉を交わすとカイゼルはヴェルヘルムの剣を弾《はじ》き返し、素早く前転しながら距離《きょり》を取った。そして二人は再び剣を構え向かい合い、斬《き》り込むタイミングを見計らうのだった。

(す、すごい!!　ヴェルヘルムはなんとなく強いんだろうなとは思っていたけど、それに負けず劣《おと》らずのカイゼルもこんなに強かったんだ！　うわぁ～こんな場面、きっとニーナが見たら一発で恋に落ちるんじゃないかな？　あ～今すぐ連れてきたい！)

ニヤニヤと想像にふけっていたその時、突然あっと皆の驚く声が聞こえ慌ててカイゼル達を見る。

「っ！」

そこには地面に片膝《かたひざ》をつき、覆《おお》いかぶさるような体勢のヴェルヘルムの剣を必死の形相で受け止めているカイゼルがいたのだ。

その姿を見て思わず叫んでしまった。

「カイゼル、負けないで！」

するとカイゼルがちらりと私を見たあと、力の限りヴェルヘルムの剣を弾き返しくるりと横に回転して立ち上がる。そして間髪《かんはつ》入れずにヴェルヘルムに向かって剣を振り下ろそうとした、まさにその時――。

「まあ！　このようなところで何をなさっていますの!?」

突然甲高い声が響き渡ったのだ。見るとアンジェリカ姫が信じられないといった顔でカイゼルとヴェルヘルムを見ていた。そのカイゼル達はと言うと、アンジェリカ姫の登場に動きを止め、すっかり戦意を喪失《そうしつ》してしまった顔で静かに剣を収めてしまった。

（……結局勝負はつかなかったけど、どちらも怪我がなくよかった）

ホッと胸を撫で下ろしていると、カイゼル達が剣を騎士に返し私達のもとにやってくる。

「べつにたいしたことはしていない。カイゼル王子と手合わせをしていただけだ」

「お兄様が自ら手合わせですって!?　それもカイゼル王子と!?　今までそのようなことなさったことなかったではありませんか。それがどうして……」

アンジェリカ姫は戸惑いながら視線を動かし、私を見て目くじらを立てた。

「もしかして貴女のせいですの？」

「え!?　いえ違……違わない？　いや違う、のでしょうか？」

「そんなのわたくしがわかるわけありませんわ！　ですがその様子ですと、やはり貴女が原因なのですわね！」

　結局どうしてこんな事態になってしまったのかはよくわからないが、どうも話の流れから考えると私が原因のような気もする。だから曖昧《あいまい》な態度を取っていたら、アンジェリカ姫が激怒《げきど》してしまった。

「アンジェリカ、いい加減にしないか。そもそも俺の意思で始めたことだ。お前がとやかく言う権利はない」

「ですがお兄様！」

「アンジェリカ姫、落ち着いてください。そのように怒ってしまっては、貴女のお美しいお顔が台無しですよ？」

「っ」

　カイゼルはアンジェリカ姫に近づき、いつもの似非《えせ》スマイルを浮かべた。その途端、顔を赤らめ惚《ほう》けた表情になる。だがすぐに顔を反らし、ツンとするがその頬はまだ赤かった。

「カ、カイゼル王子がそう言われるのでしたら、今回はこれぐらいにしてさしあげますわ」

「ありがとうございます」

　アンジェリカ姫に笑みを向けたままお礼を言ったカイゼルは、私の方を振り向きとても嬉しそうな笑顔を浮かべる。

「セシリア、さきほどは私を応援《おうえん》していただきありがとうございました。あの声によって窮地《きゅうち》を脱《だつ》することができました」

「そ、そうですか……」

改めて言われるとなんだか恥ずかしくなり、顔が熱くなってきた。

（あの時なぜだかわからないけど、カイゼルに負けて欲しくないと思ったんだよね。う〜ん、やっぱり一番の推しだったからかな？）

そう思いながらも確かな答えは出なかった。

しかしそんな私を、アンジェリカ姫は激しく睨んでいたのだった。


結局アンジェリカ姫からの嫌がらせはいまだに収まらず、最近ではほぼ毎日のように何かしらの嫌がらせを受けている。

するとダリアが、心配そうな顔で私に話しかけてきた。

「セシリア様……せめてカイゼル王子にだけでも、ご相談されてはいかがでしょうか？　きっとお力になってくださると思いますよ？　……もし言いづらいのでしたら、私が代わりにお話しさせていただきますが？」

「ううん。カイゼルに言わなくていいよ。むしろ報告するといろいろこじれそうだから」

「こじれる、ですか？」

「そこは気にしないで。とりあえず今回のことは、自分でなんとかするから大丈夫」

困惑《こんわく》しているダリアに、安心させるように微笑んであげた。

だけどダリアにああは言ったものの具体的な解決策が浮かんでいるわけでもなく、どうしたものかと考えながら廊下を一人で歩いていた。

その時突然、廊下の曲がり角からスッと足が出てきて、私の足を引っかけようとしてきたのだ。

「きゃぁ！」

考え事をしていたためその足を避《よ》けることができず、そのまま倒《たお》れそうになってしまう。だが咄嗟《とっさ》に足を前に大きく開き、倒れないように耐《た》えた。そのおかげで派手に転ぶことはなかったが、大股《おおまた》で踏《ふ》ん張《ば》るというちょっと情けない格好になってしまったのだ。

そんな私の耳に、遠くへ駆けていく足音が聞こえた。なんとかその体勢のまま顔を横に向けてみると、波打つ濃《こ》い紫色《むらさきいろ》の髪が廊下の先にある曲がり角へ消えていくのが見えた。

(やっぱりアンジェリカ姫か。しかし……直接的な行動を起こしてきたってことは、ネタが尽《つ》きてきたのかな？)

そう思いながら苦笑いを浮かべる。

「お前は一体何をしているのだ？」

「え？　……ヴェルヘルム!?」

後ろから声をかけられ驚きながら振り向くと、そこには呆れた表情で私を見ているヴェルヘルムが立っていた。

「こんな廊下で一人、そのような格好で何をしているのかと聞いているのだ」

「え？　そのような格好って……」

ヴェルヘルムの言いたいことがわからず、困惑しながら自分の姿を確認しそしてその意味を悟《さと》った。私はあの大股開きの体勢のままでいたのだ。

（……確かに端から見たら、何をしているのだろうと思うよね）

照れ笑いを浮かべながら慌てて足を閉じた。

「こ、これはちょっと……ストレッチをしていまして」

「こんな場所でか？」

「ふと無性《むしょう》に足を伸ばしたいと思っただけです」

苦しい言い訳をしながら笑って誤魔化《ごまか》していたのだが、ヴェルヘルムはずっと奇妙な目で私を見ていたのだった。


あれからさらに数日後、私は今ある部屋の中で一人困っていた。

「えっと……どうして誰もいないのかな？」

そう呟き周りを見回すが、人の気配が全くなかったのだ。

「呼び出した本人すらいないって……」

呆れながら、私は部屋の主の名を呼ぶ。

「アンジェリカ姫、いらっしゃいませんか？」

何度目かの呼びかけにも返ってくる声はなかった。

そもそもなぜ私がアンジェリカ姫の部屋に来ているのかというと、侍女を通じて呼び出されたからだ。何か私に話したいことがあるらしい。まあ、内容は大方予想できていたが。

だが私もいい加減アンジェリカ姫と、ちゃんと話さなければと思っていたところだったので、その誘いに乗ることにしたのだ。

そうして約束の時間にアンジェリカ姫の部屋を訪ねたのだが、何度扉をノックしても一向に返事が返ってこなかった。なんだか心配になった私は、申し訳ないと思いながらも部屋の中へ入ってみると、そこには誰一人いなかったのだ。

「一体どこに……」

そう疑問に思っていると、扉が開きそこから複数の侍女を引き連れたアンジェリカ姫が入ってきた。

「アンジェリカ姫！」

「……あら、来ていたの」

「来ていたのって……アンジェリカ姫が私を呼んだのですよ？」

「ああ、そういえばそうだったわね。すっかり忘れてしまっていたわ」

全く悪びれる様子もみせないアンジェリカ姫に、頭が痛くなってくる。それでも気を取り直して話をしようと口を開いたのだが、次のアンジェリカ姫の言葉に唖然《あぜん》とした。

「貴女と話す気がなくなったわ。だからもう出ていってちょうだい」

「……え？」

「聞こえませんでしたの？　出ていきなさいと言いましたのよ」

「いや、あの……」

「わたくし、これでも忙しいのよ」

そう言ってアンジェリカ姫は侍女に指示を出し、私を部屋から追いやったのだ。

そうして目の前で閉ざされた扉を呆然《ぼうぜん》と見つめてから、大きなため息をつくと今日はもう帰ろうと呟き疲《つか》れ切った顔でその場を後にしたのだった。

しかし私は見逃《みのが》していた。アンジェリカ姫の胸元《むなもと》に、いつもつけているエメラルドの首《くび》飾《かざ》りがなかったことに……。

七 悪役皇女の企み

アンジェリカ姫《ひめ》に追い返された日の午後。皆《みんな》が集まったお茶会の時間に、それは突然《とつぜん》起こった。

一人遅《おく》れていたアンジェリカ姫が、慌《あわ》てた様子で部屋に飛び込んできたのだ。

「ありませんわ！」

そう叫《さけ》びながら私の隣《となり》にいるカイゼルに抱《だ》きついた。カイゼルはアンジェリカ姫に驚《おどろ》きつつ、その肩《かた》に手を置いてやんわりと引《ひ》き剝《は》がし優《やさ》しい声で問いかける。

「アンジェリカ姫、どうされたのです？　何かなくされたのですか？」

「わたくしの……首飾《くびかざ》りですわ！」

「首飾り？　あの、エメラルドの首飾りのことですか？」

「ええそうですわ。少し前にクリーニングをするため、一時的に外して部屋に置いておりましたの。そしたら……ついさきほどなくなっていることに気づきまして！」

アンジェリカ姫の言葉に私を含《ふく》め、皆が動揺《どうよう》する。なぜなら賓客《ひんかく》の荷物が紛失《ふんしつ》することは大問題であるからだ。

するとと怪訝《けげん》な表情のヴェルヘルムが私達に近づき、アンジェリカ姫に話しかける。

「アンジェリカ、本当になくなったのか？」

「お兄様……はい。くまなく探してはみたのですけど、見つからなかったですわ」

「あれは母上の形見の品。何か思い当たる節はないのか？」

「……あ！　そうですわ。今日の午前、たまたま誰《だれ》もいない時間に、わたくしの部屋にいた方がいましたわ！」

「それは誰だ？」

「その方は……」

そう言いながらアンジェリカ姫は、ちらりと私を見てきたのだ。その瞬間、皆の視線が私に集中した。

「セシリア……本当に、アンジェリカの部屋に一人でいたのか？」

「え、ええ。確かにいましたが……私、何もしておりませんよ」

多少の動揺を見せながらもキッパリと答える。しかしアンジェリカ姫は険しい表情で首を横に振《ふ》った。

「そんなの信じられませんわ！　だってあの時、貴女《あなた》しかおりませんでしたもの。証言できる者はいませんわ」

「それはそうですが……」

「まあいいですわ。貴女の部屋を調べてみればわかることですもの」

そう言うなりアンジェリカ姫は、連れてきていた侍女《じじょ》に指示を出した。

数分後――。

慌てた様子で戻った侍女の手には、白い布で包まれたエメラルドの首飾りが。

「ありました！　セシリア様のベッドの下に隠《かく》されていました！」

「え⁉」

全く身に覚えのないことに驚きの声をあげる。だがアンジェリカ姫は、やはりという顔でニヤリと笑っている。

「わたくしの言った通りでしたわね。どうせわたくしが、カイゼル王子に近づくのを面白《おもしろ》くないと思われての行動だったのでしょう？　ですが盗《ぬす》みはよくありませんわ」

「いえ、私は……」

「……セシリア」

戸惑《とまど》いの表情を浮《う》かべていると、カイゼルが探《さぐ》るような眼差《まなざ》しで私に声をかけてきた。

「っ」

ちらりと他の皆の様子を見てみると、カイゼルと同じような眼差しを私に向けていたのだ。その視線にひどく胸が痛む。

「わ、私はやっていません！」

そう叫ぶと皆の視線に耐《た》えられなくなった私は、その場から逃《に》げ出してしまった。

「あ、セシリア！」

私を呼ぶカイゼルの声が聞こえたが、振り返ることはできなかったのだ。


何も考えずに走り、気がついたら城の裏手にまでやってきてしまった。そこは周りに木々が生《お》い茂《しげ》り、人気のない場所。その落ち着いた雰囲気《ふんいき》にようやく足を止め、深呼吸を繰《く》り返《かえ》してから考え込む。

（あの場に居づらくて思わず逃げてしまったけど、よくよく考えたらあれってアンジェリカ姫に仕組まれたってことだよね？　多分私を呼び出したこと自体が全て作戦のうちだったってことだろうし……私のベッドの下に隠したのも、前のいたずら玩具《おもちゃ》と同じ要領でやったんだろうね。ある意味ゲームの補正力はすごい。やっぱり私は嫌《きら》われ者の悪役令嬢役なんだろう。だけど……皆に嫌われるのはつらいな……）

おそらく皆の私への疑惑《ぎわく》は逃げたことでさらに深まってしまったと思われる。そう考えると不安な気持ちで一杯《いっぱい》になり、しばらくこの場所から動けなくなってしまったのだ。

「ようやく見つけましたわ」

「え？」

振り返るとそこには、アンジェリカ姫が余裕《よゆう》の表情で立っていた。もちろん胸元《むなもと》にはエメラルドの首飾りが輝《かがや》いている。

「アンジェリカ姫……」

「ふふ、さきほどの貴女の顔、傑作《けっさく》でしたわね」

「……」

「カイゼル王子やお兄様達は、逃げ出した貴女のことを疑っているようでしたわ」

「っ！」

「貴女が悪いのよ。お兄様やカイゼル王子にちやほやされていい気になっているのだから」

「そんなことは！」

「貴女の意見など聞いていませんわ。さて、仕上げといきましょうか」

「え？」

アンジェリカ姫は私を見ながらニヤリと笑った。

「わたくしが誘《さそ》い出《だ》す前に、自らここに来てくれて手間が省けたわ。さあ、このままいなくなってちょうだい」

そう言ってアンジェリカ姫は、スッと右手を上げた。

すると突然、木の陰《かげ》から数人の男達が現れ出てきたのだ。それもその男達の風貌《ふうぼう》は、明らかに悪者ですよと言っているようなガラの悪さだった。

「あ、あなた達は？」

戸惑いながらアンジェリカ姫の隣に並び立つ、おそらくリーダーだと思われる頰《ほお》に大きな傷のある男を見ると、腕《うで》を組んで悪い笑《え》みを浮かべていた。

「なあ皇女様……あの女が依頼《いらい》対象の女か？」

「ええそうよ」

「……アンジェリカ姫？　その方々とお知り合いなのですか？」

「つい最近知り合いましたの。さあ、あなた達、あの女をどこか遠くに連れていってちょうだい！」

「なっ⁉　アンジェリカ姫、一体何を言っているのですか⁉」

まさかの発言に、私は驚愕《きょうがく》の表情を浮かべながらアンジェリカ姫と男達を交互《こうご》に見た。

(ちょっ！　いくらなんでもこれは駄目《だめ》でしょう‼)

心の中で絶叫《ぜっきょう》しながらも、ニヤニヤした顔で私に近づいてくる男達を見ながら後退していく。

しかしなぜか男達は、その場でピタリと立ち止まったのだ。

「あなた達何をしていますの！　報酬《ほうしゅう》はちゃんと払《はら》っているのですから、早くその女を連れていきなさい！」

アンジェリカ姫は男達に向かって怒鳴《どな》ったが、それでも男達は動こうとはしなかったのだ。するとリーダーの男がアンジェリカ姫に振り返り、頭を掻《か》きながら苦笑いを浮かべた。

「いや～すまねえ皇女様、実は……あんたの依頼とは別で大口の依頼があったんだよ」

「……は？　突然何を言い出しますの？」

「その大口の依頼っていうのが……皇女様、あんたを攫《さら》うことなんだ」

「なっ⁉」

リーダーの男はそう言うなりくるりと体の向きを変え、アンジェリカ姫に近づいていく。

「ああ、安心しな。その依頼主からあの女も一緒《いっしょ》に攫うように依頼を受けているから、結果的に皇女様の依頼もちゃんと達成してやれるぜ」

「わ、わたくしに近寄らないでちょうだい！」

アンジェリカ姫は、恐怖《きょうふ》に顔を引きつらせながら後退《あとずさ》りする。

私は向かってくる男とアンジェリカ姫をちらりと見て、ぐっと体に力を入れた。

「あ！　あそこに‼」

大きな声で空の方を指差しながら叫んだ。すると男達は一斉《いっせい》に、私の指差した方に顔を向けた。

（今だ！）

私はさっと姿勢を低くし男達の横を走《はし》り抜《ぬ》けると、一気にアンジェリカ姫の方に向かった。そして呆然《ぼうぜん》と立《た》ち尽《つ》くしているアンジェリカ姫の手を取り駆け出した。

「アンジェリカ姫、逃げますよ！」

「あ、こら！　待ちやがれ!!」

リーダーの怒鳴り声を後ろに聞きながらも、私はアンジェリカ姫の手を摑《つか》んだまま必死に走りだす。

「あ、貴女どうして……」

「今はそんなことよりも、逃げる方が優先です！」

戸惑いの声を聞きながらここで足を止めるわけにもいかず、ただひたすらに走り続けた。

そうしてもうすぐ城の中に到着《とうちゃく》するというところで、茂みから数人の男達が飛び出してきたのだ。

「逃がさねえぜ」

「くっ！　ここにも隠れていたなんて」

城までの道を塞《ふさ》がれ、私はどこか逃げ道はないか周りを見回したその時――。

「きゃぁぁ！」

後ろで悲鳴が聞こえたと同時に、握《にぎ》っていたアンジェリカ姫の手が離《はな》れたのだ。慌てて振り返ると、そこにはアンジェリカ姫を羽交《はが》い絞《じ》めにしているリーダーの男がいた。

「アンジェリカ姫！」

「お離しなさい！」

「ちっ、てこずらせやがって。おいお前ら！　そいつもとっとと捕《つか》まえろ！」

「へ、へい！」

リーダーの男に怒鳴られ、道を塞いでいた男達が慌てて私を捕まえたのだ。

「ちょっ！　離して！」

「こら暴れるんじゃねえ！　いいから大人しくしていろ！」

摑まれた腕から逃《のが》れようと必死に暴れたが、数人の男達に取り押さえられているため抜け出すことができない。ちらりとアンジェリカ姫の方を見ると、いつの間にか気絶させられたようでぐったりとしながらリーダーに担《かつ》がれていた。

「アンジェリカ姫!!」

「うるせえ！　せっかくこの皇女様が、ここら辺に人がこないようにしてくれたのに気づかれちまうじゃねえか！」

「あ、そうか叫べばいいのか！　誰……うっ」

男の言葉にいまさらながら気がついた私は、すぐさま人を呼ぶため大声をあげようとした。だがそんな私のお腹《なか》に、強い衝撃《しょうげき》が走ったのだ。

「しばらく寝《ね》んねしてな」

リーダーに拳《こぶし》でお腹を強く打たれ意識を失ったのだ。

「セシリア、貴女との婚約《こんやく》は破棄《はき》させていただきます！」

「……え？」

カイゼルが厳しい顔つきで、私にそう言い放ってきた。

（え？　何これ？　確か私……あの盗賊《とうぞく》のリーダーらしき男に意識を失わされたはずだよね？　でも、どうしてこんな状況になっているの!?）

一体何が起こったのか理解できず戸惑いながら周りを見回すと、ここが見慣れた城の大広間で、さらには大勢の王侯貴族達が遠巻きに私達を見ていることに気がついたのだ。

「私……どうしてここにいるのでしょう？」

なぜこの場に立っているのかがわからず、カイゼルに問いかけた。しかしカイゼルは、怪訝な表情を私に向けてきたのだ。

「……何を言っているのです。まさか……そのようにとぼけてみせ、貴女のしたことを誤《ご》魔化《まか》そうとしているのですか？」

「え？　誤魔化す？」

「ええ、貴女との婚約を破棄することになった原因ですよ」

「ん？　婚約を破棄？　すでに国王陛下から婚約解消のお許しはいただいていますよね？　まあ確かに時期を見てというお話でしたが、公表は国王陛下がしてくださるとお聞きしていますよ？　それなのになぜこのような場所で、国王陛下ではなくカイゼルが宣言されているのでしょうか？　それもあんなに、婚約解消を嫌がっていましたのに……」

意味がわからず首を傾《かし》げていると、そんな私を見てカイゼルは嫌悪感《けんおかん》をあらわにしてきたのだ。

「そのような顔をされても、私は騙《だま》されませんよ！　貴女は賓客《ひんきやく》であるアンジェリカ姫の首飾りを盗んだではありませんか！」

「なっ！　それは私ではありません！」

「まだとぼけようとなさるのですか。ここで罪を認め素直に謝るようでしたら、少しは温情を与えていたのですけどね」

私を見ながらカイゼルは、呆れた目を向けてくる。

その時、カイゼルの後ろからそろりと顔を出してきた人物がいたのだ。

「ニーナ！」

「っ!!」

ニーナを見て、思わず大きな声をあげてしまった。しかしいつもなら嬉《うれ》しそうな笑みを見せてくれるのに、今のニーナは嫌な者を見るかのような目を私に向けてくる。そんなニーナをカイゼルは庇《かば》うように肩を抱いて引き寄せた。

（これはずっと見たかったツーショットなのに……こんな形で見たくなかった）

するとカイゼルが、スッと冷たい眼差しを私に向けてきたのだ。その瞬間、私の心臓を氷の刃《やいば》が貫《つらぬ》いたような痛みが走る。咄嗟《とっさ》に胸を押さえていると、とても低い声でカイゼルが話しかけてきた。

「セシリア、貴女には失望しました。盗みを働くような方とは婚約を続けられません。ですからこの機会に貴女と婚約を解消し、本当に大切な人だと気づいたニーナと婚約することにします」

「ニーナと婚約……いや、そもそも私は首飾りを盗んでなどおりません！」

「まだそのようなことを……セシリアの部屋から首飾りが出てきたのですよ？　それは動かぬ証拠《しょうこ》になります。それに貴女はあの場から逃げ出しました。やましいことがあると言っているのと同じことですよ」

「それは……」

するとその時、カイゼルの後ろからぞろぞろと揃って近づいてくる集団がいたのだ。

「み、皆さん？」

そこに現れた、いつもの見慣れたメンバーを見て困惑する。なぜなら全員、私にとても冷たい視線を向けていたからだ。

その初めて受ける眼差しに、激しく動揺しながら恐《おそ》る恐《おそ》る声をかける。

「ど、どうされたのです？」

「……この状況で、どうされたと聞けるお前の神経が俺にはわからないな」

「シスラン？」

「ねえセシリア姉様は、いつまで知らない振りをしているつもりなの？」

「レオン王子？」

「早く自分の罪を認めた方が貴女のためだと思うけどね」

「アルフェルド皇子《おうじ》？」

「……姫、貴女への忠誠は取りやめさせていただきます」

「ビクトル？」

「セシリア様……いくらアンジェリカ姫が気に入らないからといっても、さすがにやりすぎですわ」

「レイティア様？」

「俺も言わせてもらおう。お前のしたことは断じて許すことはできん」

「ヴェルヘルム？」

今までからはとても考えられない皆の冷たい言葉と態度に戸惑う。

放心状態のまま皆に近づこうと一歩足を踏み出すと、全員が眉間《みけん》に皺《しわ》を寄せ一歩後退してしまった。その皆の態度にショックを受け、信じられないといった顔で再び固まる。その瞬間、ある考えが頭に浮かぶ。

（もしかして皆に嫌われた結果、断罪イベントが発生してしまったってこと!?）

私は目眩《めまい》を感じヨロリと後ろに一歩さがると、私の腕を両サイドからテオとダグラスが掴んできた。

「え？」

「セシリア……残念ですが、貴女の犯した罪で投獄《とうごく》させていただきます」

「なっ！」

「そして……罪の重さから死刑が確定していますので、最後の時まで牢獄《ろうごく》でご自分のおこないを反省していてください」

「っ!!」

ニーナを皆の中に残し前に進み出てきたカイゼルが、まるで汚い物でも見るかのような目で宣告してきたのだ。

「では連れていきなさい」

「「はっ！」」

「ま、待ってください！」

「さようなら、セシリア」

ズルズルとテオ達に引きずられていく私に向かってカイゼルはそう言い残すと、皆と一緒に背中を向けて去っていこうとした。

しかしそんな現実が受け入れられない私は、強い力で引きずられながらも一切こちらを見ようとはしないカイゼル達に向かって必死に手を伸《の》ばし叫んだのだ。

「いやぁぁぁ!!　カイゼル、皆、行かないで!!」


「っ！」

私はハッと目を開けそのまま呆然とする。

「あれは……夢？」

あまりにもリアルすぎる夢にまだ悲しい気持ちが残り、目から涙が一筋零《こぼ》れ落ちた。私は慌ててその涙を手で拭《ふ》き、とりあえず今は現状を把握《はあく》しようと気持ちを切り替える。そして体を起こそうとするとお腹に痛みが走った。

「っ！」

その痛みに耐えながら、自分のお腹を押さえて身を起こす。

（なんでお腹が痛い……ああそうだ！　あの男にお腹を強く打たれたからだ！）

鮮明《せんめい》に思い出し自分のお腹を見つめる。その時――。

「ここから出しなさい！　わたくしを誰だと思っていますの!!」

アンジェリカ姫のそんな叫び声と共に強く木の板を叩《たた》く音が聞こえ、私は驚きながら顔を上げた。

そこには木製の扉《とびら》を両手で叩きながら、外に向かって叫んでいるアンジェリカ姫がいたのだ。その様子に戸惑いながらも慣れてきた目で周りを見回し、ここが牢のような場所であることにようやく気がついた。唯一《ゆいいつ》空が見える窓があって今が夜だとわかったが、そこにはしっかりとした鉄格子《てつごうし》がはめられていたのだ。

（もしかしたらこれって……さっきの夢じゃないけど、悪役令嬢《れいじょう》として最悪なエンドに進んでいるのでは？　皆に嫌われたまま連れ去られたんだし……きっと誰も助けになんて来てくれないよね。だったらこの先に待っている運命は……）

最悪な事態が思い浮かびゾッとする。

（いや、今はそのことは考えないでおこう）

頭を振って考えを飛ばし私は設置されていた簡易ベッドから、痛むお腹を押さえつつ下りた。

「ここは一体……」

周りの様子を確認《かくにん》しながらそう呟《つぶや》き、まだ扉を叩いているアンジェリカ姫に近づく。

「アンジェリカ姫」

「っ！……貴女、いつ起きたの？」

「たった今です。それよりもここはどこなのですか？」

「……わからないわ。わたくしもついさっき目覚めたばかりですもの」

アンジェリカ姫はそう言って不機嫌《ふきげん》そうに顔を反らし、私のいたベッドの向かいにあるベッドに腰《こし》かけた。そんなアンジェリカ姫を見ながら、私もさっきまで寝ていたベッドに腰かける。

「アンジェリカ姫……お聞きしたいのですが、あの男達は何者なのですか？」

「……………ドビリシュ盗賊団と名乗っていたわ」

「ドビリシュ盗賊団……聞いたことありませんね」

「わたくしも、本人から聞くまで知りませんでしたわ」

「それで、そのドビリシュ盗賊団とはどこで知り合われたのですか？」

「街で貴女用のビックリ玩具を買っていたところに、あの男達が声をかけてきたのですわ。そしてわたくしの買ったものを見て、ニヤニヤしながら提案を持ちかけてきましたの」

「提案、ですか？」

「ええ……嫌っている人物がいるのなら、わたくしの前から消してくれると……」

「……」

アンジェリカ姫は、バツの悪そうな顔で横を向く。

「それでアンジェリカ姫は、依頼されたのですね」

「……いいえ。さすがにそんな男達の言葉を、すぐには信用する気になれなかったですわ。それに、わたくしだけでなんとかできるとも思っていましたもの」

「そうなのですか」

「だけど……全然効果がないんですもの。本人はいたって平気そうにしていましたし。わたくしそれがだんだんと腹立たしくなっていましたのよ！　だから、あの男達へ連絡《れんらく》を取ったのですわ」

「なるほど……そしてあの首飾り紛失事件を起こしたのですね」

「……ええ、そうよ。でも貴女が悪いのよ」

アンジェリカ姫はムスッとした顔になる。

私は小さくため息をつくと立ち上がって隣に座《すわ》り、アンジェリカ姫の顔を両手で挟《はさ》むと、強制的にこちらを向かせた。そんな私の行動に目を見開いて驚く。

「なんですの？」

「アンジェリカ姫、いい機会ですので言わせていただきます」

手を離してもこちらを向いていてくれるのを確認してから、私は真剣《しんけん》な表情で話し始めた。

「そもそもアンジェリカ姫、貴女の行動はいろいろと問題が多すぎます。まあ自国ではその我儘《わがまま》も通用しているのかもしれませんが、ここでは違《ちが》います。貴女の行動一つ一つが、ランドリック帝国《ていこく》に影響《えいきょう》することをわかっているのですか？　場合によっては、ヴェルヘルムの立場、ひいては国民の立場も悪くすることになるのですよ？」

「わ、わたくしは何も悪くありませんわ！」

「……その考え方が間違っているのです。はぁ～アンジェリカ姫の周りに、ちゃんと教えてくださる人がいなかったのですね。ヴェルヘルムもなんだかんだで、妹には甘《あま》いようでしたし……まあいいです。アンジェリカ姫、貴女の問題行動はカイゼルに言い寄っていることなのですよ」

「それの何が悪いのかしら？　わたくしが望んだのよ？　当然の行動ですわ」

本当にわからないといった顔を私に向けてくる。

「一般常識から言って婚約者のいる相手に言い寄るのは非常識と言われます。さらにカイゼルは王族です。しかも同盟を考えている国の王太子。もちろんそれも、婚約者がいなければそこまでは問題になりません。お互《たが》いの国の利益を考えて政略結婚もできますから。しかしカイゼルには私という婚約者がすでにいます。政治的な理由がない限り奪う行為は大きな問題になりますよ」

「で、ですがお兄様も貴女を妃《きさき》にしようと言い寄っていますわ！」

「確かにそうですね。ですが一応ヴェルヘルムは同盟を条件にしていますので、アンジェリカ姫ほど悪い状況ではないのですよ。まあいいとも言えませんが……それよりもさらに問題なのは、アンジェリカ姫のおこなっていた私への嫌がらせですね」

「っそれは……」

「一つ一つの嫌がらせはそこまでひどいものではないにしても、一国の皇女が他国のそれも王太子の婚約者にされていたのは非常にまずいことです。露見すれば間違いなく国際問題に発展し、両国の関係に亀裂が入るでしょう。まず同盟など無理でしょうね」

　私は真剣な表情でアンジェリカ姫を見つめた。

「わ、わたくしが悪いとおっしゃるのね！」

「はい、そうです」

「っ」

　キッパリと言い切ると、アンジェリカ姫は言葉を詰《つ》まらせた。

「アンジェリカ姫は皇女なのですよ？　生まれた瞬間から貴女は、ランドリック帝国を背負っているのです。アンジェリカ姫、自分のことだけではなくちゃんと周りを見て考え、時には相談をして皆がよい方向に進むよう行動してください。なんでしたら、私も相談相手になりますから」

「……」

私の言葉にアンジェリカ姫はすっかり肩を落とす。そして自嘲気味《じちょうぎみ》な笑みを浮かべながら私を見てきた。

「まさか貴女にこのようなことを教えられるなんて思わなかったわ。でも貴女が相談相手を？　わたくしのことが憎《にく》くてたまらないはずですわよね？　それなのに何を……。だってわたくしは数々の嫌がらせを貴女にしてきましたのよ？　さらにこのような事態になったのもわたくしのせいですし……」

「いいえ、全く憎いとは思っていません」

「え？」

「だって……もしかしたら私もアンジェリカ姫と同じように、嫌がらせをしていた可能性がありましたから」

「まさか貴女が!?　……一体どなたに？」

「ヒロイ……いいえ、そこは気になさらないでください。まあとりあえず、私はアンジェリカ姫を嫌ってはいない、ということをわかっていただければいいのです」

「……」

私の発言を聞き、アンジェリカ姫は驚いた表情で目を瞬《しばたた》いていた。

「それよりも……あの男達が言っていた大口の依頼人が気になりますね。なぜアンジェリカ姫を攫わせたのでしょう？」

そう呟き顎《あご》に手を当てて考え込む。

その時、鍵《かぎ》の開く音が聞こえそしてゆっくりと扉が開いた。するとそこから、一人の男性が入ってきたのだ。

「あ、貴方《あなた》は!!」

男性を見たアンジェリカ姫から驚きの声が発せられた。

「お久《ひさ》し振《ぶ》りですね、アンジェリカ姫。……しばらく見ない間にますますお美しくなられたようで」

そう言って部屋に入ってきた男性は、うっとりとした表情でアンジェリカ姫を見つめた。

しかしアンジェリカ姫の方は、男性を見てとても嫌そうに顔をしかめたのだ。

そんな対照的な二人の様子に困惑する。

その男性は痩《や》せ型で薄《うす》い茶色の髪《かみ》と黄色い瞳《ひとみ》をした神経質っぽい顔で、二十代前半ぐらい。上質な服を着ており、上品な立ち振《ふ》る舞《ま》いからおそらく貴族だと思われる。

だが私が記憶《きおく》している貴族リストを思い出してみても、全くその男性に見覚えはない。

するとアンジェリカ姫が険しい表情のまま口を開いた。

「……ストレイド伯《はく》。なぜ貴方がここにいるのかしら？」

「さあ？　なぜだと思われますか？」

そう言ってストレイド伯はニヤリと笑った。

「確か貴方は……お兄様の改革によって追放されたはずですわ」

「ええその通りですよ」

「……なるほど、貴女がわたくしを攫うように依頼した張本人なのね！　追放された恨《うら》みを、わたくしで晴らすおつもりなのでしょう！」

「いえいえ、とんでもございません。愛《いと》しい貴女様に恨みをぶつけるなんて、そんなこといたしませんよ」

「ではなぜ……」

ストレイド伯の言いたいことがわからず、アンジェリカ姫は戸惑っていた。そして私は、完全に空気扱《あつか》いされていることに戸惑っていた。

「私が恨んでいるのは……貴女様の兄上であるヴェルヘルム皇帝《こうてぃ》です。あの方は……私のアンジェリカ姫に対する想《おも》いを知りながらも、全く取り合おうとはしてくださらなかった。それればかりか、私からアンジェリカ姫を引き離そうとなさったのですよ！　それでもまだ前皇帝が生きていらっしゃった時はよかった。前皇帝の後《うし》ろ盾《だて》を得ていたこともあり、貴女を私のモノにする手はずを着々と整えていたのですから。しかし……あのヴェルヘルム皇帝は、そんな私の計画を全て台無しにしたのです！　これが恨まないわけがないではありませんか！」

「そんなのは貴方の逆恨《さかうら》みですわ！　そもそもわたくし、きっぱりと貴方のことは嫌いと言いましたわよ！」

「ふふ、そんな恥《は》ずかしがらなくてもいいのですよ。貴女の本当の気持ちは、私が一番わかっているのですから。大丈夫《だいじょうぶ》、全て私に任せてください」

「っ！　だから!!」

目くじらを立てながらアンジェリカ姫は立ち上がり、ストレイド伯を睨《にら》みつける。

だがストレイド伯は、そんなアンジェリカ姫を見ながらさらにうっとりとした表情を浮かべたのだ。

（……あ、これは完全にヤバイ人だ）

二人のやり取りを黙《だま》って聞きながら、ストレイド伯がストーカー気質の危険な人物だと察した。そしてだいたいのことを理解した私は、すっと立ち上がりアンジェリカ姫の前まで移動すると、ストレイド伯から隠したのだ。

「……なんですか？　私とアンジェリカ姫の楽しい会話の邪魔《じゃま》をしないでいただきたい」

「アンジェリカ姫の方は全然楽しそうではありませんけどね」

「……貴女に何がわかるのですか？」

「少なくとも貴方よりかは」

私はスッと目を細め、冷たい眼差しを向けた。するとたじろいだストレイド伯が一歩後ろにさがる。

「ふ、ふん！　そんなことより、貴女は自分の立場をわかっているのですか？」

「攫われたことですか？　もちろんわかっていますよ。ただ……なぜ私まで攫うように指示を出されたのでしょうか？」

「では教えてあげましょう。セシリア・デ・ハインツ。ヴェルヘルム皇帝が貴女を妃にと望まれているからですよ」

「……なんとなくそんな理由ではと思っていましたが、やはりそうでしたか。ですが、私など攫ってもそんなに効果はないと思われますよ？　そもそもヴェルヘルムが私を選ばれたのは、いろいろと条件が合っていたからです。……多分この場合、私などをわざわざ助けるよりも、同じ条件の女性を探されるかと」

「……おかしいですね。私が仕入れた情報では、あのヴェルヘルム皇帝が貴女にご執心《しゅうしん》だと聞いたのですが？」

「ご執心？　いやいや、そんなはずありませんよ。まあ確かに、どこへ行くにも私を連れていこうとしたり、逆に私の行くところについてこようとはしましたよ。ああ、あとは強制的な贈《おく》り物《もの》をして、私の反応を面白がっていましたね。でもそれは愛ゆえにではありません」

　ヴェルヘルムにされたことを思い出し、思わず眉間に皺を寄せた。しかしそんな私を見て、ストレイド伯がなんとも言えない表情をしたのだ。

「……鈍《にぶ》い」

「え？」

「まあいいでしょう。それにもう、ヴェルヘルム皇帝には書状を送ってしまいましたので」

「書状、ですか？」

「ええ。アンジェリカ姫とセシリア嬢の身の安全を盾に、ヴェルヘルム皇帝の命を要求いたしました」

「なっ⁉」

「ストレイド伯！　なんてことをお兄様に要求なさるの！　いますぐ撤回《てっかい》なさい‼」

「いいえ、私の意思は変わりませんよ。あのヴェルヘルム皇帝がこの世からいなくなってくだされば……あとはアンジェリカ姫、貴女を手に入れた私が新たなランドリック帝国の皇帝となるのです！」

ストレイド伯は両手を掲《かか》げ、恍惚《こうこつ》の表情で何もない天井《てんじょう》を見上げた。そんなストレイド伯を見て、私とアンジェリカ姫は完全に引いていた。

その時、再び扉がゆっくりと開き、そこから私達を攫ったあの頬に傷のある男が入ってきたのだ。

「ストレイド様、そろそろいいですかい？」

「ん？　ああわかった。ではアンジェリカ姫、またあとで来ますね」

ストレイド伯はアンジェリカ姫に向かって薄く微笑《ほほえ》むと、その男と共に部屋から出ていった。

そうして再び二人だけになった部屋の中は、重苦しい空気が漂《ただよ》う。私はすっかり落ち込んでしまったアンジェリカ姫をベッドに座らせ、その隣に腰かけると、敢《あ》えて何も聞かずただ正面を見据《みす》えてじっと黙っていた。

するとアンジェリカ姫が、重い口を開けた。

「……こんなことに巻き込んで、わたくしを恨んでいるのでしょうね」

「いいえ」

「嘘《うそ》おっしゃい！　わたくしの浅はかな行動で、貴女もさらにはお兄様まで危険な目に遭《あ》わせてしまったのよ！」

「……まあ確かに、今の状況はお世辞にもいいとは言えません。ですがあのストレイド伯の様子からして、アンジェリカ姫が行動を起こさなくても、きっと何かしらの方法でこの状況を作り出していたでしょう」

「……」

「ですから、アンジェリカ姫が気に病《や》む必要はありませんよ」

そう言って私は、にっこりと微笑んでみせたのだ。そんな私を見てアンジェリカ姫は驚いたように一瞬《いっしゅん》目を見開き、すぐに呆《あき》れた表情を浮かべる。

「貴女、変わっていますわね」

「……そんなに変わっているとは思っていないのですけどね」

聞き慣れた言葉に、私は苦笑いを浮かべた。

「今でしたら、お兄様がなぜ貴女を選ばれたのかわかったような気がしますわ」

「そうなのですか？」

「ふふ」

困惑していると、アンジェリカ姫は口元を手で隠しながら楽しそうに笑ったのだ。そのアンジェリカ姫を見て、私は思った。

（もしかしたら私達、このまま悪役同士で一緒にバッドエンドを迎えるのではと思っていたけど、やっぱりそんなのは受け入れられない。ゲームの強制力に従うつもりなんて更々ないから！　必ず二人で回避してみせるよ。そしてもう一度皆に会ってちゃんと話がしたい。このまま皆と別れるなんて絶対に嫌だから！）

そう心の中で叫んだのだ。

「さてとりあえず、ここがどこなのかわかるものがあるといいのですが……」

立ち上がり、私は鉄格子がはめられた窓に近づいて外を覗《のぞ》き見た。

そこから見えた光景は、いくつかの小屋と外周を囲んでいる塀《へい》。さらに顔を鉄格子に押しつけ周りを確認すると、大きな屋敷《やしき》の一角が目に飛び込んできたのだ。しかしその屋敷の状態はかなり悪く、さきほど見えた小屋や塀も至る所ボロボロで今にも崩《くず》れ落《お》ちそうになっていた。

「……どうやらここは、廃墟《はいきょ》となったどこかの屋敷のようですね」

そう呟き窓から離れると、腕を組んで部屋の中をうろうろと歩きながら考え込む。

「私達が攫われたのが昼頃で今は夜……そして王都周辺ではこのような廃墟になった大きな屋敷はなかったはず。そう考えるとここは、王都からかなり離れた場所のようですね。ただ……あの別《わか》れ際《ぎわ》でのカイゼル達の様子から、少なくとも私を助けに来てくれるとは思えません」

探るような眼差しを向けてきた皆を思い出し、胸が痛んだ。

「それは！」

「今さらどうにもならないので、気にしないことにします。それよりも、今どうするかが大事ですから。それにあのストレイド伯の様子から考えると、ここに長居をするのはいろんな意味で危険だと思われます。ならばすることは一つです！　逃げましょう！」

私は大きく頷《うなず》き、決意を込めた目でアンジェリカ姫を見た。しかしアンジェリカ姫は、私を見ながら困惑した表情を浮かべていた。

「アンジェリカ姫、どうかなさいましたか？」

「……貴女、この状況でよくそのように考えられますわね。わたくし達、囚《とら》われているのよ？　怖《こわ》くはないの？」

「う〜ん、全く怖くないと言えば嘘になりますが、さすがに攫われるのが今回で三回目……いや、監禁《かんきん》も含めれば四回目か……になりますと、慣れてきてしまったといいますか」

「…………は？　貴女、攫われたことが三回もありましたの!?　それも監禁までだなんて……一体どうしたらそのような経験を？」

信じられないものでも見るかのような目を向けられたが、私は頬をかきながら、困った表情を浮かべることしかできなかったのだ。

「さすがにいろいろ複雑でして……詳《くわ》しくは説明できないのです」

「複雑って……」

「さあさあ、それよりも逃げる方法を考えましょう！」

気持ちを切《き》り替《か》えてもらうため、手を叩きその話を切り上げた。そして再び部屋の中をうろうろと歩き回り、何かないか探し回ったのだ。

「う〜ん、逃げ道はあの鍵のかけられた扉か、この鉄格子がはめられた窓しかありませんね。でも……もしあの扉から出られたとしても、その先がどう繋《つな》がっているのか確認できませんし、見張りがいる可能性もあります。それはさすがに危険すぎますね。そうなると、やはりこの窓からかと」

「窓からって……鉄格子がはまっているのですから出られませんわよ？」

「逆に考えれば、その鉄格子さえなくなれば、あの窓の大きさでしたら抜け出せますよ」

「それはそうでしょうけど……」

戸惑っているアンジェリカ姫をそのままに、鉄格子の状態を確かめるため両手で摑み動かそうとしてみた。すると僅《わず》かだが鉄格子が動いたのだ。

「あ、これはいけるかもしれませんね。廃墟になってだいぶ経《た》っていたことで、どうやら脆《もろ》くなっているようです」

「そうなの？」

「ですが……女の力では完全に外すことはできないみたいです」

「ではやはり無理……」

「アンジェリカ姫、何か固い長めの棒を探してください」

「え？」

「それがあればきっと外せます」

「わ、わかりましたわ」

アンジェリカ姫は頷くと、急いで部屋の中を探し回ってくれた。

「あ、これならどうかしら？」

そのアンジェリカ姫が示したものは、ベッドの脚《あし》になっている鉄の棒だった。

私はすぐにベッドに近づき、下から覗き見てその構造を確認する。そして回せば外れることがわかると、ニヤリと笑みを浮かべた。

「アンジェリカ姫お手柄《てがら》ですよ！　これなら強度的にも使えます。ああすみませんが、少しこのベッドを支えていてもらえませんか？」

「わたくしが？　……ええ、わかりましたわ」

ベッドが倒《たお》れないようにアンジェリカ姫に支えてもらいながら、私は慎重《しんちょう》にその脚をベッドから外した。

目的のものを手に入れた私はアンジェリカ姫にお礼を言い、二人でゆっくりとバランスの崩れたベッドを床《ゆか》に置いた。

「……ではやってみます。もしかしたら弾《はじ》け飛ぶかもしれませんので、アンジェリカ姫は離れていてください」

「わかりましたわ」

アンジェリカ姫が壁際《かべぎわ》に移動したのを見てから、鉄格子に持っていた棒を差《さ》し込《こ》んでテコの原理で力一杯《ちからいっぱい》棒を押してみた。

すると少しずつ鉄格子が動き、そしてとうとう窓から外れたのだ。

「よし！　外れました！」

「す、すごいわね。本当に外してしまうなんて……」

驚いた表情で近づいてくるアンジェリカ姫に、苦笑いを浮かべながらこれも二回目だと説明したのだった。

まずアンジェリカ姫の腰を支え窓枠《まどわく》を越《こ》えてもらうと、続いて私も外に出た。そして周りに誰もいないのを確認すると、アンジェリカ姫に手を差し出し微笑んだ。

「さあ行きましょう」

アンジェリカ姫はじっと私の顔を見てから、そっとその手を取ってくれた。

「ええ」

そうして私達は、闇《やみ》に紛《まぎ》れながら逃げ出したのだった。

「……思ったよりも広い敷地《しきち》ですね」

アンジェリカ姫の手を引きながら姿勢を低くし、建物に沿って逃げ道を探す。

「本当に逃げられるのかしら」

「大丈夫です。必ず逃げましょう！」

不安そうな声のアンジェリカ姫に振り返り、安心させるように笑ってみせた。すると私を見てふっと笑ったのだ。

「ふふ、貴女が言うと本当に大丈夫な気がしてきましたわ」

「うん、元気が出てよかったです。ではもう少し頑張《がんば》りましょう」

「ええ」

そうして私達はなるべく物音を立てないように、植木に身を隠しながら移動した。

そのまましばらく無言で進んでいると、一カ所だけ窓から光が漏《も》れていることに気がついたのだ。私達はさらに慎重に進みその窓の下まで到着すると、アンジェリカ姫にはそのままの体勢で待機してもらい、そろりと中を覗き見る。

「あれは……ストレイド伯とあの頬に傷のある男ですね」

そう呟きながら男達がいる部屋を見回す。

そこはさきほどから確認していた他の部屋とは違い、家具や調度品が綺麗《きれい》に揃《そろ》えられていた。さらに絨毯《じゅうたん》もまるで新品のように綺麗であったため、どうやらこの部屋を生活の拠点《きょてん》に修繕《しゅうぜん》したのだとわかった。

その中でストレイド伯は椅子《いす》に座って足を組み、優雅《ゆうが》にワインを飲んでいる。そんなストレイド伯に、頬に傷のある男がニヤニヤとした顔で話しかけたのだ。

「いや～ストレイド様、全て上手くいきましたね～」

「ふふ、私の計画は完璧《かんぺき》ですからね」

「さすがです！　そうそうストレイド様が皇帝になられた暁《あかつき》には、俺達を貴族にしてく

だ さる話、忘れないでくださいよ」

「……ああわかっている。お前達のことは悪いようにしないと約束しよう」

「おお！　ありがたい！」

頬に傷のある男は嬉しそうにし、持っていたグラスの中身を一気にあおった。その時、ストレイド伯は男を見ながらうっすらと笑ったのだ。

(あ～あれは絶対裏切るパターンだ)

私はそう確信したのだった。

「しかしストレイド様……あの皇女様が大人しく結婚《けっこん》してくれますかね？」

「ふっ、必ず快諾《かいだく》しますよ。確かに多少嫌がる素振《そぶ》りは見せるかもしれませんが、それはただ恥ずかしがっているだけですから。それに……私なしでは生きられないほどに、たっぷりとあの体に教え込むつもりです」

ストレイド伯はとても嫌な笑みを浮かべる。

「っ！」

私の後ろで息を呑む音が聞こえ、慌てて振り返ると、アンジェリカ姫は両手で口を押さえ青い顔で放心していたのだ。

私は落ち着かせようと、アンジェリカ姫の頭に手を置き撫《な》でる。すると効果があったのか、まだ顔色は悪いがこくりと小さく頷き、大丈夫だとアピールしてきた。

アンジェリカ姫の気丈《きじょう》な振る舞いに感心しつつ、さすがにそろそろ移動しようとしたその時、今度は私のことが話題に上ったのだ。

「そういえば、あのセシリアって女はどうするつもりなんですかい？」

「ああ、あの生意気な女ですか」

「もし用済みになるのなら……俺達がもらってもいいですか？　ありゃなかなか見ない上物だし、俺達が可愛《かわい》がってからでも十分売れますので」

「……いや、あの女は私の妾《めかけ》にするつもりだ」

「え？　ストレイド様は皇女様一筋なのでは？」

「もちろん私の愛はアンジェリカ姫ただ一人のモノだ。だがそれとは別で、この私に生意気な口をきいてきたあの女を、この手で鳴かせてみたくなった。くく、あの威勢《いせい》がいつまで保つか今から楽しみだ」

ストレイド伯のいやらしく笑った顔を見て、私は嫌悪感《けんおかん》をあらわにした。

「……貴女、大丈夫？」

「え、ええ大丈夫です。ただ……非常にムカついているだけですから。あのストレイド伯、いつか絶対ギャフンと言わせてやりますよ！」

「その時は、わたくしもご一緒いたしますわ！」

私の言葉にアンジェリカ姫は強く同意した。

そうして今度こそ私達はその場を離れ、まず間違いなく外に通じているであろう正門方面に向かうことにしたのだった。

正門までもう少しというところまで来た時、突然何かが激しく破壊《はかい》される大きな音が響《ひび》き渡《わた》ったのだ。

「な、何⁉」

思わず驚きの声をあげながら咄嗟にアンジェリカ姫を後ろに庇うと、すぐに聞き慣れた声が私の耳に飛び込んできた。

「ビクトル、何をしているのですか！　そんな大きな音を出して門を破壊するなど……もう少し冷静になってください。せっかく目立たないように兵士達を、少し離れた場所で待機させているというのに……」

（カイゼルとビクトル⁉　まさか助けに来てくれたの？）

カイゼル達が来てくれたとわかり戸惑う。

「姫を攫われて、冷静でいられるはずがありません。むしろカイゼル王子はよく平気でいられますね？」

「……私だって心中穏《おだ》やかではありませんよ。ですがここで自分を見失っては、セシリアの身に危険が及《およ》んでしまいます」

「うっ」

カイゼルに諭《さと》され、ビクトルが言葉を詰まらせる。するとヴェルヘルムの呆れた声が続いて聞こえてきた。

「騎士団長殿《きしだんちょうどの》でも冷静さを欠くことがあるんだな」

さらに三人とは別の声が耳に届く。

「もうそれぐらいで言い合いはいいだろう？　さすがにこの音を聞いて、中にいる奴《やつ》が出てこないとは思わないのだが」

どうやらそこに、シスランまでいるようだ。

「ねえねえ、だったら急いだ方がいいんじゃないの？」

「レオン王子の言う通りだ。私としても、少しでも早くセシリアの無事な姿が見たいのだが」

さらにレオン王子とアルフェルド皇子の声まで聞こえ驚く。それと同時に、あんな状態で別れた後なのに皆が助けに来てくれたことがすごく嬉しくなった。

すぐに建物の陰《かげ》から顔を覗かせ、そこに皆の姿を見つけるとホッと安心する。

「皆さん……来てくださったのですね」

私は笑顔《えがお》を浮かべてアンジェリカ姫の方に振り返った。

「もう大丈夫ですよ！」

「……そうかしら？　あの方が言っていた通り、今の音であの男達が出てくるのでは？」

「あ、確かに」

その時、カイゼル達のいる方が騒がしくなり慌てて視線を戻す。

「なんだなんだ！　一体なんの騒ぎ……なっ⁉　なんであんたらがここに⁉」

それはあの頬に傷のある男だった。そしてそれに続くように、子分だと思われる男達も続々現れたのだ。

「お前がドビリシュ盗賊団の首領、マックスか」

「ヴェルヘルム皇!!　なんでここが⁉」

「俺の部下は有能でな。お前達のことなどあっという間に調べはついている。ここら辺を根城にしていることも、さらにお前達の雇《やと》い主《ぬし》のこともな」

「なっ⁉」

「脅迫状《きょうはく》は匿名《とくめい》で書かれていたが、使われていた紙やインクの出所を調べればおおよそ絞《しぼ》れた。さらに微《かす》かに残っていた香水《こうすい》の移《うつ》り香《が》が決定打となったのだ」

「そんなんでわかるのかよ⁉」

「さあ、もう観念して人質《ひとじち》を返してもらおうか」

「ちっ、はいそうですかと言うわけがないだろう！　おいお前ら、こいつらをここで始末するぞ！」

マックスは舌打ちすると、後ろに控《ひか》えていた子分達に合図する。すると武器を構えて待機していた子分達は、一斉に襲《おそ》いかかったのだ。しかしその動きにカイゼル達もすぐさま反応し、剣《けん》を抜いてマックス達に応戦する。

そのまま交戦状態となり、私とアンジェリカ姫は激しく動揺する。

「ど、どうしましょう⁉　まさかここで戦いが起こるだなんて……」

「お兄様やカイゼル王子が！　ああ、このままでは危ないですわ！」

「できれば、戦いが起こる前にカイゼル達と合流したかったのですが……」

「では今からでも合流いたしましょう！」

「駄目です。むやみに行きますと、逆に皆さんを危険な状況にさせてしまう可能性があります」

「ではどうすれば……」

「今はとりあえずここに身を潜《ひそ》めて、出るタイミングを見計らいましょう」

「そうですわ……」

「今がそのタイミングですよ」

「え？」

突然後ろから声が聞こえ驚きながら振り返ると、そこにはストレイド伯が微笑《びしょう》を浮かべながら立っていたのだ。

「逃げ出すなど、いけない人ですね」

「きゃぁ！」

ストレイド伯は、アンジェリカ姫の腕を掴み胸に抱き寄せた。

「アンジェリカ姫！」

慌ててアンジェリカ姫を救い出そうと手を伸ばしたが、そんな私を別の男が後ろから羽交い絞めにしてきたのだ。

「くっ！　アンジェリカ姫を離してください！」

「それはできませんね」

「ストレイド伯！　お兄様達が来てくださったのですよ！　もう観念なさい！」

「いえ、むしろ好都合な状況です」

「え？」

「さあ、行きましょうか」

ニヤリとストレイド伯は口角を上げ、そのまま私とアンジェリカ姫を連れて今だ戦いが繰《く》り広《ひろ》げられている皆のもとに向かったのだ。

マックス率いるドビリシュ盗賊団は、カイゼル達の圧倒的《あっとうてき》な強さにどんどんと劣勢《れっせい》に追い込まれていた。

「くっ！　人数的にはこっちが圧倒しているはずなのに、なんで追い込まれているんだ！」

辛《つら》そうな表情でマックスは怒鳴りながら、ビクトルの剣技《けんぎ》を受けるのに必死になっていた。するとその場に、捕《と》らえられた状態のまま私達は引き出されてしまったのだ。

「セシリア！」

「アンジェリカ！」

カイゼルとヴェルヘルムが、驚きながら私達の名前を呼ぶ。その二人の声に他の四人も、慌ててこちらを見て険しい表情を浮かべた。

「セシリア、待っていろ！　俺が助けてやるからな！」

「くっ。姫、今お助けいたします！」

「セシリア姉様!!」

「……その汚い手で、私のセシリアに触《ふ》れないでもらおうか」

しかしストレイド伯は皆の様子など気に留《と》めることなく、腕に抱いていたアンジェリカ姫を近くにいたドビリシュ盗賊団の男に引き渡した。そして微笑を浮かべながら前に進み出たのだ。

「これはこれは、皆様お揃いで」

「ストレイド、貴様！　今すぐ二人を解放しろ！」

「ヴェルヘルム皇帝……それはできない相談ですね」

「なぜこのようなことをした」

「お送りした書状の通りですよ」

「俺に恨みを持っているのならば、直接俺を狙《ねら》えばよいだろう。なぜ二人を狙った」

「それは貴方を直接狙うよりも、数倍苦しめるのに効果的だと思いましたので。何より……愛しいアンジェリカ姫を手に入れるためです」

「お前、まだアンジェリカのことを諦《あきら》めていなかったのか」

「当然です。私は真実の愛を誓っているのですよ？　諦められるわけがありません。さあ皆様、剣を捨てていただきましょうか」

「……」

「別に嫌なら嫌で構いませんよ。ただ……皆様の大切な方に傷ができるだけですから」

そう言ってストレイド伯はニヤリと笑うと、懐《ふところ》から短剣《たんけん》を取り出し鞘《さや》から抜く。さらにその刀身部分を私の頬にピタピタと当ててきたのだ。

「っ！」

頬に感じる冷たく無機質な刃の感触《かんしょく》に、思わず顔を強張《こわば》らせる。

「や、やめろ!!」

シスランが焦《あせ》った様子で叫び、他の皆もどんどんと顔が青ざめていった。

「……わかりました。全員剣を置いてください」

悔しそうな声でカイゼルが指示を出すと、視線を私達に向けたまま皆、ゆっくりと持っていた剣を足元に置いていく。

「くく、これは想像以上に効果絶大なようですね」

「ストレイド伯……」

私の頬から短剣を外したストレイド伯に、私は鋭《するど》い視線を向ける。

だが全く気にする様子もなく、楽しそうに笑いながら再びヴェルヘルムに話しかける。

「さて……ヴェルヘルム皇帝、せっかくここまで来てくださったのだ、書状で要望していたことを今この場で実行していただこうかな」

「……」

ストレイド伯の言葉にヴェルヘルムは無言で眉《まゆ》をひそめた。

「ヴェルヘルム皇、まだその書状とやらを見せていただいていないのですが……一体何が書かれていたのですか？」

「……」

カイゼルはヴェルヘルムに問いかけるが、口を開かない。

「くく、おっしゃらないのでしたら、私が代わりに答えてあげましょう。その書状にはアンジェリカ姫とセシリア嬢を助けて欲《ほ》しければ、ヴェルヘルム皇帝の命を差し出すようにと書かせていただきました」

「なっ!?」

書状の内容を聞き、カイゼルは驚きの声をあげる。それは他の皆も同様であった。

「お兄様！　そんな要求お聞きになる必要はありませんわ！」

改めて書状の内容を聞いたアンジェリカ姫は、必死の形相でヴェルヘルムに訴《うった》えた。

「そうですよヴェルヘルム！　貴方が命を落とす必要などないのですから！　それにストレイド伯はアンジェリカ姫を偏愛《へんあい》しております。まず命を奪《うば》われる心配はありません！」

私はそう言ってヴェルヘルムを説得しようとした。しかしそんな私を、皆がなんとも言えない顔で見てきたのだ。

「セシリア……確かに貴女の言う通りならば、アンジェリカ姫の命は心配ないのかもしれません。ですが、貴女の命の保証はされていませんよ？」

「……………あ。で、でもカイゼル、アンジェリカ姫の命は助かりますし、やはり要求を飲む必要は……」

「お前は俺を馬鹿《ばか》にしているのか？」

「え？」

ヴェルヘルムがとても不機嫌そうな顔と声で、私の言葉を遮《さえぎ》ってきた。

「俺がお前の命を見捨てると本気で思っているのか？　そのようなこと絶対しない！　俺はアンジェリカも大事だが、同じぐらいにセシリアも大事だ」

「ヴェルヘルム……」

真剣な表情でじっと私を見つめてくるヴェルヘルムに、何も言えなくなってしまった。

「ではそれほど大事な二人のために、今すぐここで自害していただきましょうか」

「くっ」

ストレイド伯がニヤニヤしながら言うと、ヴェルヘルムは唇《くちびる》を噛《か》みしめ睨みつける。

「さあ早くしていただけませんかね？　私、あまり気は長い方ではありませんので。それに……時間が経てば経つほど、貴方の大切な方の体に傷がつきますよ？」

そう言ってストレイド伯は私の髪を一房《ひとふさ》すくい、そして……ザクッという音がすぐ近くから聞こえた。私はゆっくりと視線を向けると、ストレイド伯の手に切られた銀髪《ぎんぱつ》が握られているのが見えたのだ。

「っ！」

思わず息を呑むと、同時に周りから不穏《ふおん》な気配を感じた。恐る恐る確認すると、カイゼル達がとても恐ろしい形相でストレイド伯を睨んでいたのだ。

（いやいや、ちょっと髪を切られただけで傷はつけられていないから！　だからそんな視線で人が殺せそうな目をしないで!!）

私は髪を切られたことよりも、違う意味での恐怖が勝った。そんな皆の様子に、さすがのストレイド伯も多少たじろいでいた。

「さ、さあ！　早くしないと今度は血を見ることになりますよ！」

ストレイド伯の言葉で、一気に場の空気が固まる。するとヴェルヘルムはおもむろに足元に置いていた剣を拾い上げ、自分の首にあてがったのだ。

「ヴェルヘルム！」

「お兄様！」

私とアンジェリカ姫は、驚きの表情で同時に叫ぶ。

「ば、馬鹿なことはやめてください！　貴方は皇帝ですよ？　こんなことで命を捨ててはいけません！」

「そうですわお兄様！　考え直してください！」

二人で必死に説得しようとしたが、ヴェルヘルムはその手を下ろしてくれなかった。

「セシリア、アンジェリカ……俺のせいですまなかったな」

「っ！　そんなことを言わないでください！」

「お兄様嫌です！　死なないでください！」

とうとうアンジェリカ姫は我慢《がまん》できず、目から涙《なみだ》をこぼしてしまう。だが捕まっている私達には、これ以上どうすることもできない。ストレイド伯は嬉しそうな顔で、ヴェルヘルムの死ぬところを近くで見ようと私達から離れた。

その時、ヴェルヘルムの口角がうっすらと上がったのだ。

（何、その表情？）

そんな疑問を浮かべていると、突然私の後ろで手を掴んでいた男のうっという呻《うめ》き声《ごえ》が聞こえ、腕が自由になった。

「え？」

戸惑いながら振り向くとそこには、意識を失って倒れている男と目元だけ出ている全身黒装束《くろしようぞく》をまとった男が立っていたのだ。

「だ、誰？」

だが男は無言で横を見たので私もつられてそちらを見ると、そこでも同じような姿の男達がアンジェリカ姫を捕まえていた男を倒していたのだ。

どうやら助けてくれたのだとわかったが、私とアンジェリカ姫はその得体のしれない男達に戸惑っていた。しかしふと、私を助けてくれた男の目に既視感をもった。

（あの黄色い瞳……どこかで見たような？）

すると私の視線に気がついた男が、にっこりと笑みを浮かべたのだ。

「ま、まさか！」

「ご無事で何よりです。セシリア様」

そう言うと男は被《かぶ》っていた頭巾《ずきん》を外し、見慣れた笑顔を見せた。

「ノエル!?」

私の驚きの声に、ストレイド伯はこっちを振り向いて目を見開く。

「お前は、ヴェルヘルム皇帝の侍従《じじゅう》!? なぜそこに!?」

「ふっ、だから俺の部下は有能だと言っただろう」

余裕の表情で剣を首から外したヴェルヘルムが、ストレイド伯を見ながら笑った。

全くこの状況についていけないでいると、私の肩にノエルが手を置く。

「とりあえずご説明はあとでいたします。今はお二人を安全な場所までお連れいたしますので、私についてきてください」

「あ、はい」

ノエルに促《うなが》され踵《きびす》を返《かえ》すと、すでにアンジェリカ姫は別の男達に守られるように走っていた。その様子に安心しながら私も駆《か》けだそうとしたが、ストレイド伯の怒声《どせい》が聞こえてきたのだ。

「逃げることは許さない!!」

ストレイド伯は眉間に皺を寄せ、私の横を通り抜けアンジェリカ姫を追いかけようとした。

「行かせません!」

そう叫ぶと私は咄嗟に、力の限りストレイド伯のお腹に膝蹴《ひざげ》りを入れてやったのだ。

「うぐぅ!!」

走りだした勢いも相まって思った以上にダメージが入り、ストレイド伯は苦しそうに呻き声をあげながらお腹を押さえて地面に膝をつきうずくまった。

「素晴らしいです、セシリア様！」

ノエルが感嘆《かんたん》の声をあげ、手を叩いて褒《ほ》め称《たた》えてくれた。だが、正直こんなことで褒められても全然嬉しくない。

しかしそこでハッと気がつき、私はゆっくりと周りを見回す。

マックス達ドビリシュ盗賊団は呆気《あっけ》にとられた顔で私の方を見て固まり、カイゼル、ヴェルヘルムは揃って額に手を置き大きなため息をついて天を仰《あお》ぎ見《み》ていた。さらにシスランは心底呆れた表情を私に向け、ビクトルは尊敬の眼差しで私を見つめていたのだ。そしてレオン王子とアルフェルド皇子は苦笑を浮かべ、アンジェリカ姫は目を丸くしていたのだった。

そうして私とアンジェリカ姫という人質がいなくなったことで、完全に遠慮《えんりょ》のいらなくなったカイゼル達にドビリシュ盗賊団が敵《かな》うはずもなく、あっという間に全員が捕まった。

「セシリア！　怪我《けが》はありませんか⁉」

「私は大丈夫ですよ」

心配そうな顔で駆け寄ってきたカイゼル達に、私は安心させるようににっこりと微笑んでみせた。すると皆は、私を見て安心したようにホッと息をつく。

(本当に心配してくれていたんだね。ごめん。でも……こうして無事、皆に会うことができてすごく嬉しい)

心からそう思っていると、私のもとにすっかり落ち込んでしまっているアンジェリカ姫を伴《ともな》ったヴェルヘルムが近づいてきたのだ。

「セシリア、だいたいの事情はアンジェリカから聞いた。すまなかった」

「……ごめんなさい」

「ヴェルヘルム、アンジェリカ姫……」

二人にどう声をかけようか迷っていると、私の前にカイゼルが立った。

「ヴェルヘルム皇……今回の件、城に帰ってからいろいろ追及《ついきゅう》させていただきます」

「ちょっ！　カイゼル!!」

「いや、よい。確かに今回のことは全てこちら側に非がある」

「そんなことありません！　ヴェルヘルムもアンジェリカ姫も被害者《ひがいしゃ》なのですよ！　悪いのはストレイド伯と、アンジェリカ姫をそそのかしたドビリシュ盗賊団の方です！」

「ですがセシリア、貴女が一番の被害者なのですよ？　……アンジェリカ姫が、貴女にしてきたことを私が知らないとでも？　まあ知ったのは昨日でしたが……貴女を守ってあげられず、すみません。それに……セシリアの、その美しい髪が切られてしまいました。それはとても許されることではありません！」

「いえ、許してあげてください！」

「セシリア!!」

私がキッパリと言い切ると、カイゼルは眉間に皺を寄せながら抗議《こうぎ》の声をあげる。ヴェルヘルムとアンジェリカ姫も、驚いた表情で私の方を見てきた。

「カイゼル、よく考えてください。自分の好きな方が別の方とばかり仲良くされている姿を見て、なんとも思わないでいられますか？」

「それは……」

「もし私がアンジェリカ姫と立場が逆でしたら……さすがに同じことまではしないでしょうが、軽い嫌がらせ程度のことはしていたかもしれません」

「セシリア……」

「それにこの髪だって綺麗に整えれば問題ないですし、そもそも髪はまた伸びてきますから。こんなのどうってことないですよ。それよりも誰も怪我なく命が無事だったことを喜ばないと。だから……ヴェルヘルム達を訴えるのはやめていただきたいのです！」

「っ！　貴女って方は本当になんなの!?　どうしてあれほどの嫌がらせをしたわたくしに、そこまでしてくださるのか全く意味がわかりませんわ！」

「だって……私、べつにアンジェリカ姫のこと嫌ってはいませんから。むしろ恋に一生懸命な姿は、相手はこの際置いといて可愛らしくて好きですよ？」

「なっ!?」

素直《すなお》な気持ちを述べてにっこりと微笑むと、アンジェリカ姫は目を見開いて固まってしまった。するとみるみるうちに、顔が真っ赤に染まってしまったのだ。

「……さすがはセシリアですね。アンジェリカ姫まで堕《お》としてしまわれるとは……わかりました。セシリアの望むようにいたしましょう」

「カイゼル！　ありがとうございます！」

「カイゼル王子、よいのか？」

「ええ、愛しい人の頼《たの》みですから」

「そうか……すまない。この礼はいずれ別の形で返そう」

そのカイゼルの決断に、ヴェルヘルムは真剣な表情でお礼を言ったのだ。

「さて、夜が明けてきました。そろそろ城に戻りましょう」

カイゼルの呼びかけに皆は頷き、門に向かって歩きだしたその時――。

「……私のモノにならないのでしたら、いっそこの手で！」

すごい勢いでノエル達の腕を振りほどいたストレイド伯が、ギラギラした目を向けながら地面に落ちていた短剣を拾い上げ、アンジェリカ姫に向かって突進《とっしん》してきたのだ。

「危ない!!」

咄嗟にそう叫ぶと、アンジェリカ姫を強く押《お》し退《の》けた。

次の瞬間、私の脇腹《わきばら》に何かが深く刺《さ》さる感触と共に、激しい痛みが脳まで突き抜ける。

「くっ！」

その強烈《きようれつ》な痛みに立っていることができず、そのまま前のめりに倒れる。そんな私を、カイゼルが抱き止めてくれた。

「セシリア！　しっかりしてください‼」

「カイ……ゼル……っ……アン……ジェリカ……姫は……無事……です……か？」

「ええ無事ですよ！　それよりも今はしゃべらないでください！」

「それ……は……よか……った……………」

「セシリア⁉」

アンジェリカ姫が無事だと聞きホッとした私は、そのまま力なくカイゼルに寄りかかる。そしてもう、目を開けていることができなくなってしまったのだ。

（……そうか、結局私、死亡エンド、からは……逃れ、られなかった、のか……ニーナとヴェルヘルム……を……くっけること……できなかった……な……って、もしかしたら……このまま……リセット、されたり……するの、かな………）

意識が遠のいていく中、そんなことを考えていたのだった。

八　リセットはお断りです！

「……ここは？」

私は今、何もない真っ暗な空間に一人佇《たたず》んでいる。

「確か私……ストレイド伯《はく》に刺《さ》されて意識をなくしたんだよね。ま、まさかまた死んだとか!?　だったらここは死後の世界なの？」

『違《ちが》うわよ』

「え？」

誰《だれ》もいないと思っていたため驚《おどろ》いて振《ふ》り向《む》く。するとそこには、もう一人の私が立っていたのだ。

「わ、私!?」

『そう、セシリアよ』

両手を胸の前で組み高圧的な態度でいるが、毎日鏡で見慣れた姿のセシリアが目の前にいる。

「貴女《あなた》は一体？」

『私は貴女の知る乙女《おとめ》ゲームの悪役令嬢《あくやくれいじよう》セシリア』

「悪役令嬢のセシリア？」

『そうよ。カイゼル王子を慕《した》いニーナに嫌《いや》がらせをして、結局最後には処刑《しよけい》されてしまう馬鹿《ばか》な女よ』

もう一人のセシリアは自嘲気味《じちようぎみ》に笑う。

「……なんで貴女が私の目の前にいるの？　それにさっきここは死後の世界とは違うと言っていたし……」

『ここは貴女が運命を受け入れてリセットを考えたことで生まれた空間。私はその中で作り出された存在なの』

「それはどうして？」

『簡単な話よ。貴女はこのまま人生を終え、別の世界に転生することになるの。おそらく記憶《きおく》は残されないでしょうね。そして代わりに私が、新しく悪役令嬢としてリスタートすることになるのよ』

「そんな！」

『あら、嬉《うれ》しいのではなくて？　ずっと悪役令嬢役は嫌だと思っていたのでしょう？』

「それはそうだけど……」

もう一人のセシリアの言葉に何も言えなくなる。

『大丈夫、私が全部引き受けてあげるから、貴女は安心して全てを忘れて生まれ変わればいいのよ』

「……」

（言われた通りに新しい人生に進めば、もうあんなに苦労することも悩むこともなくなるのか……）

そう思いながらも全く嬉しい気持ちにならない。なぜなら私の脳裏《のうり》には、ゲームの中だけでは知り得なかった皆《みんな》の姿が次々と浮かび、楽しい思い出がたくさんよみがえっていたからだ。

（このまま転生したら、カイゼル達とは二度と会えない。だったら私がリセットされた世界に……いや、それはもうべつのカイゼル達になってしまう。私は………今のカイゼル達に会いたい！）

私は意を決した顔でもう一人のセシリアを見つめた。するとそのセシリアは口元を手で隠《かく》しふふっと笑ったのだ。

『どうやら答えは出たようね』

「私、新しい人生もリセットもお断り！　今のセシリアとして生きていきたい」

『吹っ切れた顔をしているわね。そうよ。貴女はセシリアであるけど、悪役令嬢のセシリアとは違うわ。これからは悪役令嬢にこだわらず貴女の好きなように生きればいいのよ』

「セシリア……」

『ふふ、貴女もセシリアでしょう？　さあそろそろ目を覚ましなさい。まだ貴女の人生は終わっていないのだから。ほら、あの光に向かって歩いていけばいいのよ』

もう一人のセシリアはそう言って、いつの間にか現れていた光を指差した。

「ありがとう」

お礼を言い歩きだそうとしたが、あることが気になり振り返る。

「でも貴女はどうなるの？　リセットされないのならずっとここに？」

『心配してくれてありがとう。だけど大丈夫よ。貴女が目覚めると同時に私は貴女と同化することができるから。だから……私のためにも幸せになってね』

「うん、約束するよ！」

私達はお互《たが》い笑顔で手を振り、そして今度こそ光に向かって歩きだしたのだ。


ハッと目を覚ました私は、ベッドの中に寝《ね》かされていた。しかし私はそのままぼーっと天井《てんじょう》を見つめる。

（さっきのは、夢？　でも……なんだか私の中にもう一人のセシリアがいるような感じがする）

そう思いながら胸に手を当てるため腕《うで》を持ち上げてみたが、なぜかひどくだるい。

「……なんで？」

状態を見ようとなんとか動かしたその手を誰かに摑《つか》まれる。

「セシリア！」

「っ！」

突然《とつぜん》視界いっぱいにカイゼルの顔が映り、心臓が飛び出しそうなほど驚いた。

「カ、カイゼル⁉」

「ああ、本当に目覚められたのですね。よかった……」

私の手を両手で強く握《にぎ》りしめながら、カイゼルは心底安心したような顔を向けてくる。

その目にはうっすらと涙《なみだ》さえ滲《にじ》んでいたのだ。

そんなカイゼルを間近で見て、激しい動悸《どうき》が襲う。

（く、苦しい！　と、とりあえずカイゼルから離《はな》れよう）

そう思い体を動かそうとしたが、全く体に力が入らない。まるで全身が鉛《なまり》になってしまったかと思うほど重かったのだ。

「ああ、無理に動いては駄目《だめ》です。貴女は五日ほど昏睡《こんすい》していたのですから」

「五日も⁉

「ええ。……一時生死の境さえ彷徨《さまよ》われていたのですよ」

「そ、そんなにひどい状態だったのですか⁉」」

「幸い急所は外れていましたが、出血がひどく危ない状態だったそうです。国中の名医を呼び寄せなんとか手術は成功したのですが……あとは本人の体力次第《しだい》と言われていました」

「そう、だったのですね……助かってよかったです」

そこまで危ない状態だったとは思わなかったので、無事に目覚められてホッとした。

「カイゼルにまた会うことができて本当によかった……」

ここはリセットされた世界でも新たな世界でもないことが嬉しくて、カイゼルの手を握り返し自然と笑みがこぼれた。

「っ」

カイゼルは目を見開き、私を見つめたまま顔を赤く染めた。

「カイゼル？」

そんなカイゼルを不思議に見ていると、さらに手を強く握られなぜか顔が近づく。

「……それは、こういうことだと思っていいのですね？」

「え？　どういうことですか？」

「違っていたとしても、もう止める気はありません」

意味がわからないといった顔を向けるが、カイゼルは熱のこもった瞳《ひとみ》で見つめてくる。

その瞳を見て、心臓が大きく跳《は》ね目を逸《そ》らすことができなくなってしまった。

そうしてあと少しでカイゼルの唇《くちびる》が、私のそれに触《ふ》れそうになったその時——。

「ううん……」

私達以外の声が近くから聞こえ、咄嗟《とっさ》にカイゼルから顔を背《そむ》けた。そして鳴《な》り響《ひび》く鼓動《こどう》を抑《おさ》えながら、声の聞こえた方に視線を向ける。

「え？」

ベッドのサイドテーブルにアンジェリカ姫《ひめ》が、うつぶせの状態で眠《ねむ》っていたのだ。

（ええ!?　アンジェリカ姫がどうしてここで寝ているの!?）

思いがけない人がいたことで驚きに目を瞠《みは》っていると、カイゼルが小さなため息をつき顔を離していった。さらに私の肩に手を回し、優《やさ》しく上半身を起こしてくれたのだ。

「セシリアが城に担《かつ》ぎ込《こ》まれたあと、看病を申し出られまして、ずっと側《そば》を離れようとはなさらなかったのです」

「アンジェリカ姫が、ですか!?」

「ええ」

信じられないといった顔で、眠っているアンジェリカ姫を見る。

するとアンジェリカ姫が身じろぎ、目をこすりながらゆっくりと顔を上げてきたのだ。

そして私の顔を見ると目を大きく見開いた。

「えっと……おはようございます」

「っ！」

苦笑いを浮かべながら挨拶《あいさつ》をすると、アンジェリカ姫は声を詰《つ》まらせ次の瞬間《しゅんかん》ボロボロと涙をこぼした。

「アンジェリカ姫!?」

まさか泣かれるとは思っていなかったので、激しく動揺する。

「だ、大丈夫《だいじょうぶ》ですか？」

「それは、わたくしのセリフですわ！」

目に涙を浮かべたまま、アンジェリカ姫は目をつり上げて怒《おこ》ってきた。

「貴女の方が、聞かれる立場ですのよ！」

「あ、そうですよね」

「はぁ～全く貴女って方は……でも、目覚められてよかったですわ」

そう言ってアンジェリカ姫は、手で涙を拭《ふ》いて笑《え》みを見せてくれたのだ。

その時静かに寝室《しんしつ》の扉《とびら》が開き、そこからタオルのかかった銀のボウルを持ったダリアが部屋の中に入ってきた。そして私の方に視線を向け、そのまま固まってしまう。

「ダリア？」

「っ!!」

私の呼びかけに、ダリアは驚いて持っていたボウルを床《ゆか》に落としてしまった。すると、思った以上に大きな音が響《ひび》き渡《わた》る。

「何があった!?」

その音を聞いたのか、シスランがいち早く部屋に駆《か》け込《こ》んできた。さらにそのあとに続いて他の皆も続々とやってくる。どうやら皆、部屋の近くにいたようだ。

そして私の姿を見ると、全員同じように目を大きく見開いて固まってしまった。その様子に、困った表情を浮かべながら小さく手を振ってみせる。

「おはようございます」

「っ」

シスランは弾《はじ》かれたように私のもとまでやってくると、他の皆も慌《あわ》てて駆《か》け寄《よ》ってきた。

「セシリア！　俺がわかるか!?」

「え？　シスランでしょ？　なんでそんな当たり前のことを聞くの？」

「……特に記憶障害は起こっていないな。よかった……」

私の答えを聞き、シスランはホッとした顔になる。

「姫、お守りできず申し訳ありませんでした。この償《つぐな》いは私の命を姫に捧《ささ》げ……」

「いりません!!　そんなものをいただいても全く嬉しくありませんから!!」

「しかし……」

「命、大事に!!」

本当にこの場で自害しそうな勢いのビクトルを、私は目をつり上げて止めた。

「セシリア姉様………僕以外の相手に傷つけられるなんて駄目じゃないか」

「いや、何さらっと不満げな顔で、怖《こわ》いことを言っているのですか!?」

「だってセシリア姉様は僕のモノだし」

「いやいや、私は誰のモノでもありません。しいて言うなら、私のモノです!!」

「ふふ、元気なセシリア姉様だ」

頬《ほお》を膨《ふく》らませていたレオン王子は、途端《とたん》に嬉しそうな表情に変わる。

「セシリア……再びその美しい瞳を見ることができて、本当に嬉しいよ」

「アルフェルド皇子……」

「ふっ、そのまま私だけを見ていて欲《ほ》しいのだけどね」

「こんな状況でも口説いてくるアルフェルド皇子、ある意味さすがです」

妖艶《ようえん》に微笑《ほほえ》んでくるアルフェルド皇子を見て、苦笑いを浮かべた。

「セシリア様！　お目覚めになられて本当によかったですわ！　もしこのまま目覚められなければ……わたくし生きていられませんでしたもの」

「いや、そんなに重く考えられなくてもいいのですが……」

「わたくしにとっては、それほど重要なことなのですわ！」

「そ、そうですか……」

レイティア様の気迫《きはく》に若干《じゃっかん》引きながら頰を引きつらせる。

「セシリア様、セシリア様！　本当にお目覚めになられたのですね！　私、毎日女神様《めがみさま》へお祈《いの》りを捧げておりました。ああ女神様、感謝いたします！」

「私のために祈ってくださり、ありがとうございます」

「いえ私には、それぐらいのことしかできませんでしたので……」

お礼を言いながらにっこりと微笑むと、ニーナは頰を染め目に涙を浮かべながら嬉しそうにしていた。

またいつもの騒《さわ》がしいが楽しい雰囲気《ふんいき》に私はホッとする。

しかしふと疑問が湧《わ》いた。

「皆さん……アンジェリカ姫の首飾《くびかざ》りを、私が盗《ぬす》んだと思われていたのでは？」

(あの時皆、探《さぐ》るような眼差《まなざ》しで私を見ていたのに、まるでそんなことがなかったかのようにいつもと変わらないんだけど？　どうして？)

「そのようなことを思う者などここにはいませんよ。私達はセシリアを信じていますから」

キッパリと言い切ったカイゼルに、他の皆も同意するように頷《うなず》いた。

「ですが皆さん、私を探るような目で見ていましたよね？」

「ああれですか……すみません。思わずどうやってセシリアの部屋に隠されたのか考えて、じっとセシリアを見てしまったのです」

「俺も同じだ。すまん」

カイゼルに続きシスランも答える。それは他の皆も同じだったようで再び頷かれた。

「お兄様も全く疑っていませんでしたわ。この城に戻《もど》ってから本当のことを話しましたら、やはりと言いながらひどく怒られましたもの。でも……あそこまでわたくしを怒ってきたお兄様は、生まれて初めてでしたわ。それほど貴女のことが大切なのね」

「……よかった。皆さんに嫌《きら》われていなくて」

皆の言葉と態度で疑われていなかったことを知り、私はとても嬉しくなる。

だがそこであることが気になり、肩を支えてくれているカイゼルを見た。

「そういえば、私が意識を失ってからストレイド伯はどうなったのでしょうか？」

「……まだ目覚めたばかりですし、もう少し落ち着いてからお話ししますよ」

「いえ、このままですと気になって休めませんから」

「……わかりました。簡単に言いますと、あのストレイド伯はヴェルヘルム皇が本国に連れて帰られました。ランドリック帝国《ていこく》で正式に裁くためだそうです。さらにストレイド伯のような者が他にもいないか、徹底的《てっていてき》に調べてくるそうですよ」

「なるほど」

カイゼルの説明を聞き頷く。するとアンジェリカ姫が、顔を寄せて話しかけてきた。

「お兄様は帰国されるギリギリまで、貴女のことを心配されていましたわ。そうですわ、貴女が目覚められたことをお兄様に知らせなければ。きっと飛んで会いにこられますわ」

「アンジェリカ姫、その知らせに私のことは気になさらず、ヴェルヘルムはやるべきことに集中してくださいとお書きください。わざわざ来ていただかなくても私は大丈夫ですから」

「……」

断りの言葉を書いてもらうようにお願いしたのだが、なぜかアンジェリカ姫は憐《あわ》れみを含《ふく》んだ表情を浮かべる。

「お兄様……なかなか大変なお相手をお選びになったのね」

私を見ながら、そうボソリと呟《つぶや》いたのだった。


昏睡状態から目を覚まし、一カ月ほどが経《た》った。

あれから私の怪我《けが》は順調に回復し、一人で歩けるほどにまでよくなった。しかし長期の療養を余儀なくされたことで、まだ完全には体力が戻っていない。だから今はリハビリを兼《か》ねて城の中を散歩し、少しずつ体力をつけている状態なのだ。

そして今日も体力づくりのため、中庭を歩くことにしたのだが――。

「セシリア、そこに小石がありますので気をつけてくださいね」

「カイゼル王子、それだったら先にその小石をどかしたらどうだ？　それよりもセシリア、疲《つか》れたならすぐ俺に言えよ」

「姫、行き先をご指定いただければ私が抱《だ》き上げてお連れいたします」

「ビクトル……それじゃあリハビリにならないよ。ほらセシリア姉様、歩きにくいなら僕の手を掴んでいていいからね」

「いや、それだったらレオン王子より背のある私の腕に掴まる方がいい。いや、むしろ抱きついてきてもいいから」

そう口々に言いながら私の周りにがっちり固まって歩いている皆を見て、額を手で押さえ小さなため息をつく。

(毎日毎日……いくらなんでも過保護がすぎる。もう普通《ふつう》に歩けるんだよ？　というか、一人で散歩したいんだけど！　これじゃリハビリにならないからさ)

補助されながら歩き、場合によっては抱き上げられるを繰《く》り返《かえ》しているため、思うように歩けない。しかし皆の好意を無下にすることもできず、今日も渋々《しぶしぶ》あまり効果のない散歩を続けていた。

するとカイゼルが、心配そうな顔で私を覗《のぞ》き込んできたのだ。

「セシリア、どうしたのです？　あ、もしや傷口が痛くなってきたのですか⁉」

「いえ、そういうわけではないのですが……」

「では疲れたのですか？　それでしたら、あそこに見える東屋《あずまや》で休憩《きゆうけい》いたしましょう」

「……はい」

もう言い返す気力も湧かず、カイゼルの提案に頷きそのまま東屋まで移動した。

促《うなが》されるままベンチに腰かけると、皆はさらに甲斐甲斐《かいがい》しく世話を焼こうとしてきたのだ。さすがにたまらなくなってきた私は思わず叫《さけ》ぶ。

「もう自分のことは、自分でできるほど回復いたしましたから！」

「ですがセシリア……」

「カイゼル、私はそんなに弱っているように見えますか？」

「……いえ、ほとんど前と変わらないように見えます」

「でしたらもう普通に接してください。別に体力なら、たくさん食べて運動していればそのうち元通りになりますから」

「しかし……」

まだ納得《なっとく》してくれないカイゼルを敢《あ》えて無視し、不機嫌《ふきげん》そうな顔で横を向く。すると別の方向から、久し振りに聞く声が聞こえてきたのだ。

「くく、相変わらずのようだな」

「え？　ヴェルヘルム!?　それにノエルも!?」

「お久し振りです、セシリア様。お元気そうで安心いたしました」

口元に手を当て楽しそうに笑っているヴェルヘルムと、にこにこ笑顔を浮かべているノエルを見て驚きの声をあげた。

「いつこちらに？　それに国の方はもうよろしいのですか？」

「到着したのは今日の午前中だ。もちろん全て片づけてきた。それにしても、一応アンジェリカからの手紙で知ってはいたが……本当に元気になったようだな」

「ええ、おかげさまで。それにアンジェリカ姫にはとてもよくしていただけましたから」

「そうか。傷の方はどうだ？」

「ほぼふさがりましたよ。まあ……傷が傷だけに跡は残ってしまうらしいのですが、普通では見えない位置なのであまり気にしていません」

「……」

　隠してもしょうがないので医師から言われたことをそのまま伝え、全く気にしていないことをアピールするようににっこりと微笑んだ。

　しかしそんな私を見て、ヴェルヘルムは辛《つら》そうに眉《まゆ》をひそめた。そして他の皆も沈んだ表情になってしまう。

「ほ、本当に気にしていませんので！　だからそんなに落ち込まないでください。逆に気にされると……辛くなります」

「っ！　わかったもう言わん。だからそんな泣きそうな顔をするな」

「ありがとうございます」

カイゼル達も頷いてくれたので、私はホッと胸を撫《な》で下《お》ろす。

「さてお前には、今回の件を全て説明するつもりでいるのだが……今でも問題ないか？」

「ええ、大丈夫です」

「もしここでは体にさわるようであれば、場所を変えるが？」

「今日は気候もいいですし、体調も問題ありませんのでここでお聞きしますよ」

「そうか」

そうしてヴェルヘルムも向かいのベンチに座り話しだしたのだ。

「元々ストレイドが、俺の国から追放されていたのは知っているな？」

「はい。アンジェリカ姫からだいたいのことはお聞きしました」

「そのストレイドだが、追放する際、奴《やつ》の財産を全て没収しておいた。そもそもその金は、前皇帝《こうてい》をいいように利用して手に入れていたものだったからな。返してもらったと言った方が正しいだろう」

「あれ？　でもその割には、お金に困っている様子はありませんでしたよ？　盗賊《とうぞく》を雇っていましたから。それに……あの隠れ家にしていた屋敷《やしき》の調度品も、多分ストレイド伯が揃《そろ》えられたものかと」

逃げ出す時に見た部屋の様子を頭に浮《う》かべながらそう答える。

「どうやら隠し財産があったようだ」

「あ～なるほど」

「もしもの時のために、前もって国外の銀行に分散して預けていたらしい。それも全て偽《ぎ》名《めい》を使って身分を偽《いつわ》っていたとか。だから気がつくことができなかった」

「まあ悪いことを考える人は、大概《たいがい》そういうところによく頭が回りますからね」

前世で見ていたニュースでも、たびたびそういう人が報道されていたのを思い出し苦笑いを浮かべる。その時ふと疑問が湧き、ノエルに話しかけた。

「それにしてもノエル……貴方《あなた》は一体何者なのですか？　私達を助けてくれた時の姿と身のこなし、只者《ただもの》ではないですよね？」

「ふふ、私はただの侍従《じじゅう》ですよ」

「いや、信じられませんから」

楽しそうに笑って誤魔化《ごまか》すノエルに、私は目を据《す》わらせた。するとヴェルヘルムが、呆《あき》れた声で割って入ってきたのだ。

「ノエル、セシリアをからかうのもいい加減にしろ。ちゃんと説明しないか」

「申し訳ありません。元気そうなセシリア様を見て、つい嬉しくなってしまいましたから。ではご説明させていただきますね。あ、ですがこのお話は内密にお願いいたします。よろしいでしょうか？」

ノエルは皆の顔を見回して尋ねてきたので、私達は揃って頷いてみせた。

「ありがとうございます。実は私、普段《ふだん》は陛下付きの侍従をしておりますが、もう一つ別の役職を持っているのです」

「別の役職ですか？」

「ええ。私、ランドリック帝国の課報《ちようほう》部隊に所属しておりまして、そこのリーダーを務めております」

「課報部隊!?」

驚きに目を瞠《みは》りノエルを見る。

「そういえば聞いたことがある。ランドリック帝国の課報部隊は、ハイレベルの集団だと」

「私も父上から、もし何かするにもランドリック帝国の課報部隊には気をつけろと言われていたね」

シスランとアルフェルド皇子が思い出したように話した。

「そんなすごい部隊のリーダーがノエルだなんて……全然そんなふうに感じられませんでした」

私は感心しながらノエルに話す。

「簡単に悟《さと》られては諜報部隊とは言えませんから。特殊な訓練を積みました。さらに私は陛下の護衛役も務めておりますので、これでも腕に自信はあるのですよ」

「まあ確かに、突然現れてあっという間に助けられましたからね」

「我々《われわれ》は気配を消して侵入することを得意としていますので、あれぐらいどうってことないですよ」

「そうですか。……ノエル、あの時は助けてくださりありがとうございました」

「いえお礼は結構です。むしろ……最後までお助けできず申し訳ございませんでした」

笑みを消したノエルが私に頭をさげてきたので慌てて止める。

「そんな謝らなくていいですから！」

「ですが……」

「私の感謝を素直に受け取ってくれるだけでいいです。本当にありがとうございました」

「セシリア様……ありがとうございます」

再び笑みを見せてくれたノエルにホッとする。

「まあだいたいの話はこれぐらいだ。ストレイドの処罰は……お前のことだ、察しているだろうから敢えて言う必要はないな」

「……はい」

なんとなく予想はできたので、詳《くわ》しく聞くことはしなかった。

「さて、お前にもう一つ言わなければならないことがある」

「改まった顔で一体なんのお話でしょう？」

「実はベイゼルム王国とランドリック帝国《ていこく》との同盟が正式に結ばれた」

「え？　結ばれたって……私、妃《きさき》になることを承諾《しょうだく》していませんよ!?　もしかして、強引に話を進められたのですか!?」

驚き立ち上がろうとしたが、その肩《かた》をカイゼルが押さえ座らされた。

「カイゼル？」

「ヴェルヘルム皇、セシリアにちゃんと説明してあげてください」

「ふっ、すまない。ただセシリアのその反応が見たくてな」

目を据わらせて睨《にら》んでいるカイゼルに、ヴェルヘルムは楽しそうに笑った。そんな二人の様子を、私や他の皆は不思議そうな顔で見ていたのだ。

「さすがに今回の件で同盟締結《ていけつ》を一旦白紙に戻す流れとなったのだが、そこにカイゼル王子が提案をしてきてな。結果、双方《そうほう》無条件での同盟締結となった」

「そうなのですか!?」

「正直セシリアを妃にするという条件がなくなるのは痛かったが、非はこちらにあるからな。それでも同盟を結んでもらえただけありがたいと思うことにした」

ヴェルヘルムはそう言うと立ち上がり、私の前まで歩いてきて目の前で膝《ひざ》を折った。さらに私の右手を取りじっと見つめてくる。その様子に、皆がざわつく。

「ヴェルヘルム皇！」

「カイゼル王子、俺にもチャンスをもらいたい」

「……」

ヴェルヘルムの真剣《しんけん》な表情にカイゼル達は黙《だま》り込む。

「ヴェ、ヴェルヘルム？」

「今度は直接お前に申し込むことにした。セシリア……俺と結婚してくれないか？」

「は？ ……ええ⁉ ど、どうして結婚を申し込んでこられるのですか⁉ 意味がわからないのですが？ といいますか、私はカイゼルの婚約者《こんやくしゃ》ですよ？ これではアンジェリカ姫と、同じことをされています！」

「わかってはいる。だがこれはどうしても譲《ゆず》れないことだ。まあ、その辺りは俺がなんとかするから問題ない。しかしセシリアは、まだ俺の気持ちをわかっていないようだな」

「ヴェルヘルムの、気持ちですか？」

「ああ、俺がお前を好きだという気持ちだ」

「え？ ……えええええ⁉」

「……話には聞いていたが、本当に色恋沙汰《いろこいざた》には鈍感《どんかん》だな」

ヴェルヘルムはそう言って、ちらりとカイゼルに視線を送った。そのカイゼルは険しい表情でヴェルヘルムを睨みつけている。

なぜこんなことに？　と困惑《こんわく》していると、私の手の甲《こう》に何か柔《やわ》らかいものが触れたのだ。

「なっ！」

それがヴェルヘルムの唇《くちびる》だとわかり、目を見開いて動揺《どうよう》する。そんな私を見てヴェルヘルムは、ふわりと微笑み手をぎゅっと握ってきた。その途端、皆が放つ気配が不穏《ふおん》なものに変わる。

「セシリア、愛している。必ず幸せにすると誓《ちか》おう。だからカイゼル王子とは婚約を解消し、俺の妃となれ」

唖然《あぜん》とした顔でヴェルヘルムを見ていると、突然腰を強く引かれカイゼルに後ろから抱きしめられた。

「っ！」

「そこまでです！　セシリアはヴェルヘルム皇の妃になどさせません。私の妃になるのですから！」

「ちょっ、カイゼル何を言っているのです。は、離してください！」

「嫌です」

拒むカイゼルに戸惑っていると、私の肩を後ろからシスランが掴んできた。

「馬鹿言うな！　セシリアは俺の嫁になるんだ！」

「シスランの嫁って!!」

　真剣な表情で怒鳴《どな》るシスランに驚いていると、今度は左手をレオン王子に握られる。

「違うよ！　セシリア姉様は僕のお嫁さんになるって決まっているんだから！」

「はい？　レオン王子、そんなこと決まっていませんよ！」

　頬を膨らませながらぎゅっと両手で私の左手を握ってくるレオン王子を見ていたら、ふわりと私の髪が一房《ひとふさ》持ち上げられた。

「セシリアは私の国に来て私の妃になるのだから、皆は諦《あきら》めてくれ」

「いやいやアルフェルド皇子、行きませんし妃にもなりませんから」

　私を間近で見つめながら手に取った髪にキスを落としてくるアルフェルド皇子を唖然と見つめていると、さらに今度は片膝をついて私のスカートの裾《すそ》を軽く摑んでいるビクトルがいたのだ。

「姫……私の妻は貴女しかいないのです」

「つ、妻ですか!?」

　そのままスカートの裾にキスを落としてくるビクトルに動揺していると、ヴェルヘルムが立ち上がり私の顎《あご》を持ち上げて正面から見下ろしてきた。

「セシリア……俺はお前を諦めない。だから観念して俺の妃となれ」

「諦めてください‼」

うっすらと笑みを浮かべながらそう宣言してきたヴェルヘルムを見ながら頭を痛めていると、目の端《はし》ににこにことこの状況を楽しそうに見ているノエルの姿が映る。

（ちょっ、助けて！）

そう目でノエルに訴《うった》えてみたが、むしろ楽しそうに笑みを深められてしまった。

（なんなのこれ⁉　なんでさらに人数が増えているの⁉　それにこの構図、まるで乙女ゲームのパッケージイラストみたいになっているんだけど！　って、それってやっぱり……私がヒロイン確定ってこと？　あ、そうか。もう一人の私が悪役令嬢のセシリアとは違うと言っていたけど、もしかしてこういうことだったの？　あ～もうわかったよ！　私がヒロインになってしまったことは認める。だけど私は私、ゲームの力には頼《たよ》らず自分の幸せは自分で掴むから！）

そう決意していると、どこからともなく声が聞こえたような気がした。

『ふふ、頑張《がんば》ってね』

その声に心の中で頷き、私はセシリアとしての人生を改めて精一杯《せいいっぱい》楽しむことにしたのだった。

Ｆｉｎ

あとがき

はじめましての方もお久しぶりな方もこんにちは、蒼月《そうげつ》です。

この度皆様のおかげで、二巻を刊行していただくことができました。本当にありがとうございます。

私としては一巻の刊行自体夢のようなお話でしたのに、二巻まで出していただけることとなり家族共々とても大喜びしていました。

さらにコミカライズまでしていただき、現在FLOSコミックというサイトで中村央佳《なかむらおうか》先生作画の漫画が連載中です。笹原亜美《ささはらあみ》先生とはまた違った素敵なセシリア達が、表情豊かに動いていますのでこちらもどうぞよろしくお願いいたします。

さて本書は元々webサイトで投稿していた内容を軸《じく》に加筆修正したもので、一部登場人物の名前を変更していたり新しく書き下ろした部分もあります。ですからwebサイトからこちらを読んでくださった方々にも、また違う感じ方で楽しんでいただけるのではと思っています。

それにしても新登場のヴェルヘルム、当初カッコよく書きすぎてカイゼル達の存在が霞《かす》んでしまい、バランスを取るのに苦労しました。恐らく一巻から登場していたら、カイゼルヤバかっただろうね……。

そしてアンジェリカもまたいい味を出してくれました。でも一番書きやすかったのはノエルでしたね。とても動かしやすく、本当に色んな意味で作者的に助けてもらったキャラクターです。

では最後にこの場を借りて感謝の言葉を述べさせていただきます。

まず今回も美麗な絵を描いてくださった笹原亜美先生、とても忙しい中で素晴らしい表紙と挿絵《さしえ》をありがとうございます。続いて中村央佳先生、生き生きと動くセシリア達をいつも楽しく拝見させていただいております。どうぞこれからもよろしくお願いします。

そして私の執筆作業をサポートしてくださった家族の皆、さらに私の至らない部分をご指摘してくださり沢山手助けをしてくださった担当者様、本書を手に取っていただきここまで読んでくださった読者の皆様には感謝の言葉しかありません。本当にありがとうございました。

また次も皆様にお会いできたらいいなと心から思っております。

蒼月

レッツ・クック！

「は〜い。では本日使う食材の説明をいたします。あらかじめ塩を振って下味をつけておいた鮭《さけ》……サーモン、それに水に浸《ひた》して水分を含ませておいたお米、塩、以上です！」

私はエプロンを身に着け、調理台に並べた食材を見せるように両手を広げにっこりと微《ほほ》笑《え》んだ。

「……」

しかしそんな私に対して反応を示す者はいなかった。なぜならこの調理場には私しかいないからだ。

「くっ、やる気を出そうと前世で見た料理番組のように材料説明をしてみたけど……むなしすぎる」

私は調理台に手をつきガックリとうなだれる。

「はぁ〜仕方ない。もうあまり時間もないことだしちゃちゃっと作って終わらせてしまおう」

まずお米の入ったボウルを手に取り水を捨て、さらにそれを大きめの鍋《なべ》に移し入れた。そして新しい水を鍋の中に入れる。

「う〜ん、水加減ってこんなものかな?」

前世の小学生の頃に家庭科の授業で習った内容を思い出しながら、手を入れて水の分量を調整してみた。

(この世界に炊飯器《すいはんき》なんてものがないのに早く気がつけばよかった。一人暮らしをしていた時は、お釜《かま》に書かれた分量通りに水を入れてスイッチ押すだけだったからさ。だからそんな感覚で簡単にお米が炊《た》けると思って、おにぎりを作るって決めちゃったんだよね〜)

当たり前のように使っていた炊飯器のありがたみを実感しながら、私は鍋をかまどの上に置いた。そして前世の記憶を元に火を点け、しばらくそのままにしておく。

次に私はフライパンをかまどの上に置き、サーモンを温まったフライパンの中に並べる。

「これも本当は魚焼きグリルの方が楽なんだけどな〜。まあ、焼ければいいか」

フライ返しを手に持ち、ジュウジュウと焼ける音に食欲をそそられながら裏返すタイミングを待つ。

するとその時、激しく噴きこぼれる音が聞こえ慌ててお米を炊いている鍋を見ると、蓋《ふた》が踊り、周りからお湯がこぼれていたのだ。

「大変!」

私は蓋を取ろうとしてピタリと手を止めた。

（確か家庭科の授業で、この状態でも蓋は取ってはいけないと言っていたような……）

遠い昔のことなのでうろ覚えではあったが、そんな気がして手を出せないでいた。その間にもどんどんとお湯が溢《あふ》れ、鍋の側面を伝って火に当たり蒸発《じょうはつ》していく。

「と、とりあえずこのままでいいはず！　………ん？　何か焦《こ》げ臭《くさ》いような……って、ああ！　サーモンが!!」

すっかり存在を忘れてしまっていたフライパンを見ると、黒い煙《けむり》がもくもくと上がっていたのだ。私は慌ててフライ返しでサーモンをひっくり返すと、その表面は真っ黒に焦げてしまっていた。

「あ～あ。……まあでも、中まで焦げていないみたいだし黒い部分だけ落とせば使えるよね！」

そう自分に言い聞かせ、そのまま料理を続けたのだ。

最終的になんとかお米は炊けた。ただ鍋は一つ駄目《だめ》にしてしまったが……。

「完全に焦げついて取れなくなっちゃった……」

ちらりと洗い場に置かれた、無残《むざん》な姿の鍋を見てため息をつく。

「後でここの片づけを担当する人に謝《あやま》っておこう」

気を取り直し水を手につけてから塩を軽く手になじませ、ボウルに入れたお米を手に取る。

「熱っ！」

想像以上に熱く思わず落としそうになるが、なんとか我慢《がまん》して少し焦げの残るサーモンの解《ほぐ》し身を中に入れて握《にぎ》った。

「よし、熱さにもだいぶ慣《な》れてきたしあとは綺麗《きれい》に握るだけだね！」

そう私は思っていた。

しかし数分後――。

「どうしてこうなった……」

私は目の前の大皿を見て愕然《がくぜん》とする。

なぜならそこには、およそおにぎりとは言いがたい見た目のものが出来上がっていたからだ。背景にはどんよりとした影さえ見えるような気がする。

「私の想像では、もっといい感じにできるはずだったのに！」

転生しても相変わらずの料理レベルに、一人調理場で嘆《なげ》くしかなかった。

執務室《しつむしつ》で仕事をしていたセシリアの父で宰相《さいしょう》であるラインハルトのもとに、コック服の男性が一人恐る恐るやってきた。

「ラインハルト様、少しよろしいでしょうか？」

「ん？　料理長か。どうした？　もうすぐ食事会が始まる時間だろう？」

「その食事会でお出しする料理のことでご相談が……」

「相談？　こんなギリギリにか？」

「あ、はい……とりあえずこれを見てください」

なんとも言えない表情のまま、持っていたお皿の上に被《かぶ》せてあった蓋を取る。

ラインハルトは、皿に乗った奇妙《きみょう》な食べ物を見て眉間《みけん》に皺《しわ》を寄せた。

「……なんだそれは？」

「もしや……食事会で出す予定の料理か？」

「はい、そうです」

「それはさすがに……」

「実はこれ……セシリアお嬢様が作られた料理なのです」

「セシリアが⁉」

娘が作った料理だと聞き、ラインハルトは目を瞠《みは》った。

「セシリアお嬢様が作られたものですし食事会にお出ししたいのは山々なのですが、この見た目では……ですから一度、ラインハルト様にご相談しようかと思いお持ちしました」

「……味見はしたのか」

「いえ、まだ」

「そうか……」

ラインハルトはじっとセシリアの作ったおにぎりを見つめ、おもむろに手を伸ばす。

「ラインハルト様⁉」

「味見もしていないのに安易《あんい》に決められんからな。それに娘の初めての手料理だ。どんなものでも食べてみたいと思うだろう」

「まあ確かにそうですが……」

心配そうにしている料理長の視線を受けながら、ラインハルトはおにぎりを食べてみた。

「……美味《おい》しい！」

「え？」

「料理長も食べてみなさい」

「……はい」

半信半疑のまま料理長もおにぎりを食べてみる。

「お、美味しいです！」

「そうだろう。セシリアは料理の才能もあるのだな。さすが私の娘だ」

ラインハルトは顔を緩《ゆる》ませ、自慢《じまん》げに何度も頷《うなず》いた。

「この見た目でこのような味が出せるとは……」

料理長もおにぎりを見つめながら感心する。

「料理長、セシリアの料理は食事会に出せるか？」

「ええ。全く問題ありません。むしろこのギャップで注目を集めることでしょう！」

そうして二人は残りのおにぎりを食べながら、幸せそうな顔を浮かべていたのだった。

FIN

■ご意見、ご感想をお寄せください。
《ファンレターの宛先》
〒102-8177 東京都千代田区富士見2-13-3
株式会社KADOKAWA ビーズログ文庫編集部
蒼月 先生・笹原亜美 先生

ビーズログ文庫

●お問い合わせ（エンターブレイン ブランド）
https://www.kadokawa.co.jp/（「お問い合わせ」へお進みください）
※内容によっては、お答えできない場合があります。
※サポートは日本国内のみとさせていただきます。
※Japanese text only

乙女《おとめ》ゲームの世《せ》界《かい》で私《わたし》が悪《あく》役《やく》令《れい》嬢《じょう》!? そんなのお断《ことわ》りです! 2

蒼《そう》月《げつ》

2020年8月15日 初版発行

発行者 三坂泰二
発行 株式会社 KADOKAWA
〒102-8177 東京都千代田区富士見2-13-3
（ナビダイヤル）0570-060-555
デザイン 島田絵里子
印刷所 凸版印刷株式会社
製本所 凸版印刷株式会社

ISBN978-4-04-736207-9 C0193

定価はカバーに表示してあります。

◇◇◇